最具中学生人气的
微型小说名作选

租个儿子过年

◎宗利华 著

東方出版社

图书在版编目(CIP)数据

租个儿子过年/宗利华著. —北京:东方出版社,2008.4
(最具中学生人气的微型小说名作选)

ISBN 978-7-5060-3102-8

Ⅰ.租… Ⅱ.宗… Ⅲ.小小说-作品集-中国-当代 Ⅳ.I247.8

中国版本图书馆 CIP 数据核字(2008)第038514号

租个儿子过年

ZU GE ERZI GUONIAN

宗利华 著

丛书策划:东 方
策划编辑:刘智宏
责任编辑:安新文
特约编辑:村 流
封面设计:红十月设计室
出版发行:東方出版社
地 址:北京朝阳门内大街166号
邮 编:100706
邮购电话:(010)65181955
印 刷:北京威远印刷厂
经 销:新华书店
版 次:2008年4月第1版 2008年4月北京第2次印刷
开 本:787毫米×960毫米 1/16
印 张:14.5
字 数:240千字
书 号:ISBN 978-7-5060-3102-8
定 价:28.80元

目　录

爱情

网络

心 动

世　象

乡　村

历　史

旧 事

爱情

三个人

“能请你喝咖啡吗？”是一帆发来的。

嘉惠本要回绝，却突然看到手机上的日期：农历七初月七。中国的情人节啊！

她抬起头，看着窗外。想，苏旭离家出走，刚好一年。这一年，她反复思索一个问题，他为什么走？苏旭的走，干脆利落，像一滴水，突然蒸发。

“总得有点儿原因吧？你这算什么？一纸离婚协议，轻飘飘就把多年的感情一笔勾销？”嘉惠两手揪着自己的头发问。

“还是来吧。让我告诉你一直要找的那个答案。”一帆再次发来信息。嘉惠觉得浑身一震！立即收拾包，向门外走，边走边给一帆打电话。

“你那短信是什么意思？”一落座，嘉惠就问。一帆看着她，犹豫一阵子才说：“半年前，我见到了苏旭。”

“为什么不告诉我？”

“因为，”一帆吞吞吐吐，“他跟一个女人在一起。那女人，怀孕了。”

嘉惠瞪大眼睛，然后，抖着手，点上一支烟。

“我跟苏旭是好朋友，要不是我亲眼所见，我也不信。”

“你没骗我？”嘉惠盯着一帆。

一帆移开：“我本来是想骗你。想让你能不受伤害地忘掉他。可似乎很难。”嘉惠看着窗外，泪水终于顺着脸颊流下来。她忽然笑了：“陪我喝点酒吧？”

于是，他们去一家酒吧。谁也没再提那个人的名字。嘉惠时不时地大笑。她喝了很多酒。一帆喝得也不少。俩人趺趺撞撞到嘉惠楼下。

嘉惠问：“你，想上去吗?”

一帆抬头看了看，说:“等你想好了，给我电话。”

后来，一帆倒是屡次等到嘉惠的电话。但嘉惠似乎从来没想好。嘉惠喝酒的次数越来越频繁。常常是半夜打进来:“我又回不去了。”很快，一帆就驾车过去。有一次，嘉惠上不了楼，一帆背她上去。那晚，他没离开，一直坐在客厅的落地窗前。

第二天早上，嘉惠醒了。一出卧室门，愣在那里。半天，才说:“一帆，我知道你喜欢我。可我就是忘不了他。我总感觉他没理由那么做。我做不到把身体给你，心还在他那里。你还是别等我了。”

一帆默然无声，走到门口，回头笑，依然做一个打电话的动作。

又一年的中国情人节来临。那天，下起了雨。两人依旧喝了好多酒。嘉惠说:“陪我淋雨吧?”她提着鞋子，张开双臂，在雨里跑。在一盏路灯下，嘉惠抬起头，看着天空发呆。雨水顺着她的脸淌下来。嘉惠说:“一帆，苏旭第一次向我求爱，也是在这样的雨天。当时，我抬着头，看着雨丝纷纷落下，真的很美。”一帆仰面朝天，沉默着，脸上，不知是雨水，还是泪水。

天还没亮，嘉惠接到个电话，让她赶紧到医院，一帆出事了！嘉惠的手一哆嗦，电话掉在地上！当她赶到医院，一帆已经走了！就像苏旭的离开，没任何前兆。——他们分手后，一帆又去喝酒。结果，出了交通事故。

嘉惠意外地从交警那里得到一个大信封。里面有一帆写好的一封信，还有一个日记本。嘉惠先去看那封信，看着，看着，手哆嗦起来！

“嘉惠，原谅我吧！我撒了谎。这封信我写了不知多少遍，也不知什么时候能交给你。我真是为你和苏旭感到高兴。你们一直都深爱着对方。”

苏旭并没走远！

他居然，就住在她家对面的楼上！

他得了绝症！

嘉惠疯狂地跑到大路边，伸手摆下一辆出租车。

一阵急促的敲门，里面却走出一个老太太。

“租我房子的那个病人？他走了。”

“去哪儿了?”

“不知道。”

嘉惠呆了一般踱进屋子，找到苏旭曾经躺过的那张床。站在床边，透过窗子，刚好可以看到她的家。嘉惠一下子坐在床上，号啕大哭。

回到家，嘉惠才拿出那本日记，一打开，却发现那是苏旭的。她呆呆地一页一页翻看。

“我这样做，是不是犯了一个错误？可是，我怎么能拖累嘉惠？她还这么年轻，这么漂亮。”

“她怎么没去上班？病了吗？谁来照顾她啊？”（嘉惠突然想起，那次躺在床上，有个陌生电话打进好几次，却不说话。）

“没想到遇见一帆。我求他去骗嘉惠。他喜欢嘉惠，我早就知道。我把离开的原因告诉了他。这样，他就会放心去照顾嘉惠。我也就安心去迎接死神。”

“疼得厉害！站不起来。我想，活不了多久了。”

突然，嘉惠呼地一下站起来！

最后一篇日记，却是这样写的：“真奇怪，这几天，身上有劲儿了。去医院检查，医生告诉我，那肿瘤消失！这么说，我又变成正常人!？我能回去看嘉惠了！可是，一帆怎么办？不，这对他可太残忍！而嘉惠也许已经把我忘掉。我得离开！永远离开他们的视线。”

许多天后的一个下午，嘉惠将一束花放在一帆的墓前，然后，坐下来。

“一帆，你跟苏旭一样，都是傻瓜。”

她在那里坐到太阳即将落山，就要起身的时候，背后好像有人走过来。

口罩

谁看到那个口罩？麻烦您，一定把它给我送回来。

收音机里传来那个老太太的声音时，我不由打量一眼旁边的小包。我当时心情很烦躁。因为刚和女友吵了一架。

但半个小时后，我还是出现在那个老太太面前。老太太一把抓起那个包，迅速打开，抓起那个口罩。是它！她嘴角抽搐着。谢谢你！

每个出租车司机都会这样做的。我说，可是，这口罩对您真的那么重要？

老太太似乎有点羞涩地笑了。她把口罩展开，说，小伙子，你看这上面的字？于是，我发现口罩的四个角上各有一个字母：L-O-V-E。

我也笑了。

想听那个故事吗？老太太问我。

我点头。

于是，我知道了那个故事。

那是很多年以前的事了。你知道“非典”这个词吗？

当然。我点头。一种很普通的病。

是啊，现在看来是很正常的病。可那年春天，这种怪异的病像瘟疫一样袭击了全国几个城市。那时，任何人都对它束手无策。免疫力差的人，会很快被夺走生命。北京城的街头上，人们都戴上了口罩。即使熟人走个迎碰头，也互相不认识。这是一种传染性极强的呼吸系统疾病。患者一经发现，就被严格隔离！

那时，我还是一个年轻的护士。我主动要求参加救援小组。所以，接触到很多病人。他们中很多人的眼睛里写满恐惧。实际上，这种恐惧对于他们的治疗毫无帮助。

那小伙子是在一个下午给送来的。我从车上把他扶下来时，他说，你别扶我，我还能走路。他的眼睛告诉我，他正在笑。尽管他戴着口罩，我还是感觉到了。

他根本看不到我的模样，我那时武装得整个身上也只露着两个眼睛。

他和别人不一样，看上去非常乐观。我在给他扎针的时候，他眨着眼睛，突然问，你觉得你们这样子好玩吗？我瞪他一眼。

应该说，他的危险，在于他曾是一个肺病患者。所以，病情使他很快不能说话。我们的交流开始用笔。他在纸上写字给我看。他写一手漂亮的钢笔字，就在那时，也还是一笔一画，非常认真。能给我找本书吗？他写道。

我给他找了一本《钢铁是怎样炼成的》。

他看着我，眼睛眯了一下，写道，谢谢，我知道你的意思。

我是在那次给他抽血化验时怦然心动的。一不小心，竟有一滴血沾到手套上。他的样子很焦急，他皱皱眉头，说了一句什么我没听见。我知道，那时候他已经很痛苦。他比划着要纸和笔。他写道，不要管我！马上去清洗！

我看他一眼，心里一热。

此后，我们彼此默默地注视，成了每天心照不宣的交流。我觉得自己是对他有点好感了。有一天，他写道，尽管我看不到你的脸，但我看到了你的心。

于是，那一天，我走进病房，手里拿着一个新的口罩。我用了半个晚上，在口罩的四个角上绣上了这四个字母。他看到了！他的眼角有泪滴悄然滚落。我帮他把口罩换上。他什么话都没说。只是呆呆地看我。于是，我见到了他的样子。那是一张棱角分明的脸。

就在第二天，我觉出了身体的异样，很快有了发烧症状，而且一下子就是高烧。我知道，我已变成一个非典病人。

我要求把我安排在他的隔壁。

接下来，我们需要共渡难关。

他看到我的时候，眼睛瞪得很大。看上去非常痛苦。他在纸上写了几个大字：是我害了你！我在纸上写给他：不是的，是冥冥之中的安排。

那是段苦中寻乐的日子。尽管那讨厌的病魔让我们身心疲惫。可是我们俩都表现得非常兴奋。有时候，我们会把对方画成可爱的小人，展示给对方看。我打电话让家人给我做了一个同样的口罩戴上。许多时候，我们就那样躺在床上，彼此看着对方的眼睛，端详着那四个字母。

有一段时间，我发现他目光呆滞。给我的字也只是那几个，坚持下去！我知道，他的艰难时期到来了。我每天给他回话，挺住！一定挺住！

过了不久，我就恢复健康。可是，在我出院的那一天，我的同行流着泪告诉我，他死了！其实，他早就离开人世。后来，躺在床上的是另外一个病人。是我的同行刻意安排的。

我发疯似地去寻找他的坟墓！

我在他的坟前哭了整整一个下午。

他在世上留下的最后几个字是，别把我的死告诉她。

老太太此时抑制不住自己，早已是泪流满面。

离开老太太，坐进出租车的时候，我立刻掏出电话，拨打给我的女友。拨通了，我半天未语。后来，我说，我要给你讲个故事。

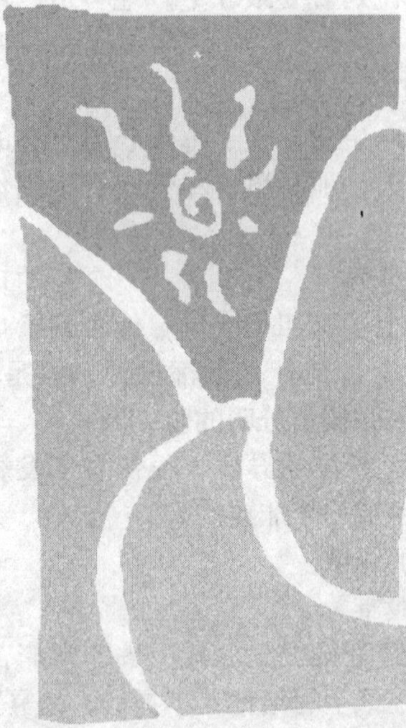

转 移

一个深秋的下午，桂苓坐在马路边，皱着眉头，看着满地国槐树的残叶。她既不是伤秋，也非睹境思人，却是，胃病犯了。

出门之前，没觉得这般疼痛。否则，她绝不会跑到街上，去逛什么商店。她会用水冲一味药，急急地喝下去。此时，桂苓捂着疼痛的部位，似乎感到，自己的胃已残破不堪。

枋竹沿着路踱过来，经过时，居然注意到她额角的汗。

后来一天，枋竹告诉桂苓，那天你坐在路边的身影，让人顾盼之下，顿生怜爱。后者则娇声追问，对别的女人，也这么看吗?

那天，枋竹主动停下身来，问清情况，摆下一辆车，坚持送她回去。后来，他常常坐到她家客厅的沙发上。再以后的一天，枋竹执着桂苓的手，问:“嫁给我吧?”桂苓点了点头。

少不了花前月下，也自然缺不了柴米油盐。浓情蜜意，点染在这看得见摸得着的生活之中。

有一天，桂苓系了围裙，正站在橱柜前面择菜，却突然抚着脑壳，缓缓折下腰。她叫喊一声枋竹。他于是举着一本书，从书房出来。然后，扔下书，跑过来，环抱了她腰。

医院走廊里，飘着浓重的药水味。桂苓坐在排椅上，仰头看着枋竹手里的检验结果。他微笑:“医生说，你是偏头疼。没什么大碍。”

被枋竹扶着下楼梯的时候，桂苓突然咦了一声。

“怎么了?”

“你觉得奇怪吗?我好久不犯胃病了呀!”

这才又想起，第一次见面情境。那时她说，她的胃病，是治不好的。

吃过多少药，总不管用。不承想，一年多过去，居然没再犯。他也觉得奇。这奇里面，无端却掺杂怀疑。于是，枋竹坏笑："莫不是，你当初看上我，故设了一计？"

桂苓抬脚踢他："就凭你？一张普通的脸，放在大街上，马上被人群吞没。"

自此，她却是头疼病常侵袭。胃病，却一次也不曾来过。

枋竹说："贾宝玉说女人是水做的。这不对。依我看，女人是由病支撑的。没病的女人，不能称之美。女人没有这病，则必有那病。唤做病态美。"

桂苓骂他讨厌，然后自语："难道，病会无故转移？"

此后，有了女儿。她一门心思放在女儿身上。女儿含乳啼哭，女儿颤颤学步，女儿咿呀仿语，其意义仿佛远远超过枋竹蜻蜓点水似的一吻。以至于，飞逝过去的许多个日子里，他没有吻过她，这一事实，都被她忽视。

枋竹却没有忽视那一吻之下的力量。相反，在那段日子，他对这动作有别种意义上的体验。这体验，来自另一个女人。那女人似乎粉碎了他的"女人由病支撑"理论。女人非但有健康体魄，而且，有超越健康的放纵的欲望。

枋竹很着迷。

于是，自然忽略桂苓的偏头疼。

忽一日，枋竹被人告知，桂苓住进医院急救室。是她的女友，打电话通知他。他急忙赶过去。桂苓脸色苍白，躺在床上，手背上扎了针管。吊瓶下面管线上，药水一点点滴出冷寂的气氛。

桂苓扭过头，不同他说话。

枋竹心口似乎被针扎到。转过身去，看到桂苓眼角的泪水，汩汩地流出来。

事后许多天，他知晓了事情经过。

那日，桂苓正在为女儿织毛衣。阳光透过落地窗玻璃，温柔地射到她身上。一股母性暗流，悄然在她心底奔走。就在那时，有个电话打进。是她的闺中挚友。平日，说话快言快语，今日却吞吞吐吐。她着急，一再追问。那边犹豫片刻，告知她一个雷声炸响般的消息：昨夜，女友无意看到枋竹和另一女人搂肩搭背，宛若情人，从一家练歌房走出来，钻进出租车。

桂苓颓然倒在沙发上，昨夜？昨夜？他不是说加班的吗？

就在那一瞬间，她的胃骤然收缩！好似插进一只针管，猛地一下，吸尽胃内所有空间。好多年，隐藏在密林深处的杀手，突然持枪出现。而且，一出现，就开始迅猛袭击！

桂苓一下子蜷缩在木地板上。

她并没有电话通知枋竹。

好多天里，两个人形同陌路。

好多天里，她的头疼病消失。胃病，却一而再地猛烈进攻。

终有一天，桂苓对枋竹说话了：“你说的对，女人，是由一种病支撑的。但是，什么样的病，生给谁人看，是老天派定的。我的胃病，根本不是为你而生，你来，它就走。你离开我，它就来陪我。”

枋竹沉默无语。好半天，他站起身来，走到门口。

突然，他浑身一抖，伸手扶在门框上。

枋竹觉得后脑勺部位，好一阵疼痛！

桂苓在身后冷笑：“你怎么啦？”

纽扣

竹慧眼睛一亮。竹慧看见那件银灰色上装。一宗及时地捕捉到竹慧那一刹那的惊喜。一宗问，喜欢？竹慧点点头。可是，竹慧说，你看那纽扣。

一宗问，纽扣怎么了？

纽扣是在后背上的呀。

果然，这件衣服奇特之处，就是纽扣儿在后脊背上。竹慧闪闪晶莹的眼睛，这样的扣子，我一个人怎么能扣得上？

一宗笑了，你肯定喜欢它？竹慧重又点头。

那就买了。我愿意每天给你系扣子，解扣子。

于是，竹慧穿着这件新潮的衣服和一宗去领了结婚证。

竹慧感到很幸福。每天早晨，她撒娇一般转过身去，一宗就心领神会，走过来，自下而上，一颗，两颗，三颗，直至最后。晚上，一宗解扣的顺序则是自上而下。有时，竹慧故意往一宗身上一靠，一宗便将双手拢了，拥竹慧在怀，竹慧闭上眼睛，双手展翅般探开，仿佛站在泰坦尼克号上。

竹慧又是多么自豪啊，同事们看她那件衣服的目光，在她来说感觉好极了。同事们还发出一连串赞叹，竹慧你真幸福，有这样一个痴情的老公。

因此，竹慧是真心真意喜欢这件衣服。竹慧就经常穿它。竹慧在穿它的过程中，还从没有去想自己解扣子系扣子。日子在这一解一系里飞速而过，竹慧做妈妈了。做了妈妈的竹慧，似乎更喜欢那件衣服。

可一宗却逐渐对这件工作厌倦。男人结了婚，事就多，酒场也多。有时，一宗在酒桌上谈锋正健，手机响了。竹慧说，一宗，我没法解扣子。一宗起初还笑，笑过几回，就不笑了。一宗感到丝丝扰扰的厌烦。那件衣服，穿了这么多年，就不要穿了吧？

竹慧拿一种莫名其妙的目光看一宗。竹慧问，你烦了？

一宗尴尬一笑，不是，我怎么能烦呢？

后来一天，一宗吃惊地发现一个问题，竹慧那一次竟没有需要他解扣子系扣子！竹慧参加一次考试，考场在另一个城市，需住旅馆。竹慧穿着那件衣服去的，又穿着回来了。一宗发现这一情况，就问，咦，这两天你怎么解的扣子？

竹慧看他一眼，难道，离了你地球就不转？

一宗不好接着再问，但一宗心里别扭死了。尤其是，他从别的渠道打听来，和竹慧一道去考试的，是她一个男同事。接下来的日子里，一宗和竹慧闹过几场不大不小的矛盾。直到有一天，一宗再也忍不住，说，我搞不明白，你那一阵子，背上的扣子是怎么系上的。

竹慧冷笑，我就不会自己动手？

一宗眼睛亮起来，那你系给我看！

竹慧瞧着他，像是不认识他。一宗挪开目光，我只是，有点儿不相信。

竹慧嘴唇哆嗦，我凭什么证明给你看？

一宗说，心虚了不是？我就知道是谁给你系的。

知道你还问我！竹慧吼着，眼里满了泪。

两人仿佛都要发泄。一宗让一个玻璃杯在地板上四分五裂。竹慧惊愕半天，随手也抄起一件东西扔到墙壁上。随后，她收拾一番，抱着孩子，摔门而去。

离开前，将那件衣服摔在床上。

一宗还喊，你走！你走！走了就别回来！

接下来的日子，一宗感到很难受。静下来时，他就琢磨，难道她自己真的能解开那扣子？一宗有个和竹慧身材差不多的妹妹，一喊她就来了。结果，在一宗惊疑的目光下，妹妹非常顺利地一人系上扣子，又解开来。一宗站在那里，半天不语。

他打通竹慧的电话。

一宗说，竹慧，那件衣服真的很漂亮。我很想你回来马上穿它。我还要一如既往给你解扣子，系扣子。

电话另一头，竹慧沉默，半天，才说，一宗，我不想穿那件衣服了。

镜子

在那个上午，昕如突然想起了文轩。

事情的起因很简单，女友见了她，端详她半天，然后笑了。说，你照照镜子。她就照镜子，结果，就发现了挂在嘴边的那粒小小的面包屑。她脸红了。女友笑说，你老公怎么回事？这么不细心？

就这样，她想起了文轩。

想起文轩时，她怦然心动！

文轩是不会粗心到这种程度的。文轩心细如针，文轩常说，昕如你的头发刺起了几根，昕如你的上衣领有点褶皱等等诸如此类的话。昕如一开始很开心，但是，后来的一天，她突然感到一丝厌烦。她觉得，一个男人像文轩这样，太婆婆妈妈，太缺乏阳刚之气。

昕如在一个不错的机关单位干内勤，一份公认的好工作。机关里的男子个个工于心计，想方设法拔高自己。所以，昕如逐渐就觉着，文轩和他们简直没法比。她甚至断言，如果文轩在他们单位，一辈子也甭想混出个头绪来。文轩在一所学校任职，据说在搞什么什么文化研究。属于那种贫乏得只剩下一肚子学问的人。

昕如那时候觉得真是委屈了自己，恋爱中的男女往往表现得比较傻。天知道自己当时怎么上当受骗的。是因为他写的那几首酸溜溜的情诗吗？还是他捧出来的那一大本发表过的作品？连她自己也想不明白。

等到锅碗瓢盆的忙起来时，昕如就开始叹气，看得见摸得着的百姓日子，将那一切浪漫冲击得七零八落，也冲垮昕如的那份幸福感觉。

这日子多么平淡呀，昕如就常常叹气。

吵架是自然而然的。有时候，实在闷不住，吵吵架也不失是一种好办法。于是就吵。吵过了，就开始相持，等待。总得有一个人承认错误呀？

现在，昕如想到这里，还是不由自主地笑了。文轩是多么不幸呀！每次，都是他坚持不住，站出来道歉。尽管，多数时候错的一方，总是她昕如。

直到那一次，文轩第一次将道歉的时间无限期延长。

那天早上，昕如在即将离开家门时，被文轩叫住。文轩说，瞧你的嘴边上。昕如就去照镜子，就发现一点面包屑。文轩嘿地笑了，他有点小小的得意，他觉得自己应该功不可没。昕如现在开始后悔自己当时脱口而出的话。她当时说，你是不是故意找我岔子呀？神经病！

文轩的脸当时就被气绿。文轩就说，你什么毛病？他想不出别的话来了。文化人大都有这种通病，写东西时，洋洋洒洒，下笔如有神。可同女人吵架，却要反复掂量该用啥词。

结果，文轩吐出一句很普及的话：你以为你是谁呀？

这句话的潜台词把昕如惹急了，她开始强有力地反击，直到文轩的文人风骨被一点点刺激出来，破天荒地抓起桌子上的一把瓷茶壶，掼在同样是瓷的地板砖上。

那声脆响过后不久，他们就协议离婚。离婚后几天，文轩闪电般地结婚。仿佛是针锋相对，昕如很快也找到意中人，双双走进结婚礼堂。

昕如很快就发现自己犯了一个无法挽回的大错误。那一天，她和后来的丈夫开始了积郁已久的争吵，丈夫一甩门，也甩出一句似曾相识的话：你以为你是谁？

昕如呆立半晌，她想吵架都没了对手，更不用指望有人来道歉。

在昕如想起文轩后过了不久。她坐在办公桌旁，无所事事，顺手就拨出一串号码。那个电话太熟悉了，熟悉得让她忽略了自己打电话的目的。电话铃响了一声，那一端就传来文轩的声音，问，你找谁？

昕如愣住了。

昕如找不出话说。

文轩试探着，你，是昕如吗？

昕如仍旧不说话。

文轩说，昕如你有事吗？

半天，昕如咔嚓一声扣了电话。其实，昕如想说一句话，却没说出来。

她想说，我丢失了一面镜子。

卡萨吉马斯的葬礼

我要讲一个故事。三个人的。毕加索——对，就是那个怪异的绘画大师，他的画家好友卡萨吉马斯，还有个女人，吉尔曼尼。

我们知道，毕加索在十三岁时，就对女人颇感兴趣。他真是早熟。其实，哪个男人年轻时对女人不感兴趣？卡萨也是这样的，他竟然暗恋上自己的外甥女！很压抑，很苦闷。那些日子，十九岁的毕加索整天沉湎于酒色，他的画家老爹，对这个儿子简直头疼无比。他那个有点积蓄的叔叔，拍着桌子吼，我不会再给你一分钱！因此，毕加索也很郁闷。

当时，有家咖啡馆，叫四只猫。在靠墙的一张桌子边，卡萨吉马斯跟毕加索一见如故。俩人越聊越投机，不时哈哈大笑。后来一次，俩人对着脑袋，异口同声问对方："老兄，去巴黎怎么样？"

于是，巴黎，对这俩年青人敞开不算温暖的怀抱。

同时，敞开怀抱的，还有街头女郎曼尼。

这个浪漫的法国女孩，没几天就让卡萨吉马斯陷入情感漩涡。

毕加索总算旁观者清。他提醒道："跟这种女人产生爱情，危险！极度危险！"卡萨吉马斯烦躁地挥挥手："我知道，知道！可是，毕加索，我现在神经混乱！一看到她跟别的男人在一起，就难受。"毕加索盯了那张菜色的脸，好半天，才轻轻拍他肩膀："你完了！你他妈爱上个法国女孩，而且，还是个……"卡萨吉马斯红着眼，白着牙齿："你再说，再说我拧断你脖子！"

毕加索当然不希望脖子被扭断，同样，也不希望好友的前途断送在巴黎。不久，他死拉硬拽卡萨吉马斯离开巴黎，回老家。

显然，这一招没起到预期效果。

卡萨吉马斯看上去愈加憔悴。终于，有一天，他抓着头发说：“我要回去！”毕加索注视着他：“你，不能！”卡萨吉马斯一脸忧郁：“在这里，我的心是死的。”毕加索目送义无反顾的好友，自言自语：“爱情，就是毒酒！”

这话很快得到证实。

实际上，毕加索在老家也呆不下去。一条大鱼，怎么甘心在小水塘受约束？他去马德里找了份工作。一家前卫期刊的美术总监。有一天，他正在画布上勾勒，突然心烦意乱！画不下去。他嘟囔说：“卡萨，你这家伙怎么啦？”

就在那个时刻，巴黎的某幢公寓楼，响起枪声！

回到巴黎的卡萨吉马斯，发现吉尔曼尼又跟了别的男人。于是，他举起枪，指着女人，语无伦次：“好吧，就让这一切结束！”一粒子弹落在女人脚边，地面上出现个洞。他做不到向那女人射击，正如做不到让女人专属他一个人。于是，掉转枪口，再次扣响扳机！

这粒子弹，从他的下颌钻进去！

后来，毕加索反复想象，卡萨吉马斯倒地那一瞬，究竟是什么样子？

他一下子变回从前。在小酒馆大喊大叫。一直到深夜，站到门口，张开手胡乱摇着，让路边狐媚的女人跟他回家。不止一次，酒醒后，他快速抓起画笔，奔向画布，要为卡萨吉马斯画点什么，但最终颓丧地坐在地上。

“我找不到感觉。找不到！”

他把画笔扔向屋顶！

又一次酒醉中，他听到一声遥远的叹息。卡萨吉马斯皱着眉头，站在床边：“毕加索，我们是不是不该来这里？”

第二天，毕加索收拾行李，直奔巴黎。

他找到吉尔曼尼。一间光线很暗的屋子。吉尔曼尼的脸在烟雾缭绕中模糊迷离。她声若游丝：“为什么来找我？”毕加索话语低沉：“我不是来找你的！”

两个人的战争。

在床上。

吉尔曼尼的指甲进入毕加索的肩膀。她在哭：“你为什么来找我？”毕加索沉吟良久：“我说过，我不是来找你！”

毕加索没哭。

这一切，好像发生在1900年。要不，就是1901年？毕加索这个名字，后来在整个欧洲，乃至全世界，都被叫得很响，很响。有一天，他步履蹒跚，出现在一个女人面前，说：“我叫毕加索。”

那个女人，丑陋不堪的老女人，红红的嘴唇哆嗦着，眼睛一亮。

“毕加索？真的是你！你还是那么潇洒！”

“你勾引男人的手段，倒仍然不坏。”毕加索微笑

女人羞涩地低一下头。然后，声音沙哑：“知道吗？毕加索，你唤起了我的爱情。你，还有那画。后来，我不止一次，在漆黑的夜里，突然坐起来，用泪水洗刷我的灵魂。我跟自己说，你是爱他的！你是爱吉马斯的。”

毕加索沉默。他抬头看了一圈简陋的房间。最后，视线打落到一张沟壑纵横的脸上。

“你老啦。我也是。我们，都不能提‘爱’这个字眼。”

窗口钻进来的光线，跳跃在斑驳的桌面上，那儿有一摞钞票。老女人一动不动，眯着眼睛打量它。好久，她自言自语：“你为什么来找我？”

那个叫毕加索的男人，已经悄然离开。

很多年以后。巴黎市立现代美术馆。一个金发美女指着一幅画说：“这是画家在生活失意并且在艺术上苦苦寻求突破时所作的作品。整个画面，满含悲伤，以及忧郁。”

画的下方，立着半圈黑衣人，拥抱，哭泣。地上，躺着身裹白布的卡萨吉马斯。毕加索第一次运用白色，如此醒目。上半部分，却出现几个裸体女人。形态各异。画的名字叫《卡萨吉马斯的葬礼》。

越 狱

我冷眼打量着那只傻猫。

“这个世界，就这么残忍。你永远别指望会得到你想要的。”

说实话，此前我根本就不信，一只猫，与另一只猫，会发生爱情！那些男猫需要的只是工具，不是爱。他们靠近你，而后，以追老鼠的速度远离。他们从来不考虑责任。女人呢，接下来，像踩刀刃一样在生死线上行走，为了生下那一连串的孩子。即便老天开眼，没让我们死，也落一把嶙峋瘦骨。因此，我宁肯相信，这男孩不过是想跟窗台上的女孩睡上那么一觉。

“你不懂爱情。”小伪君子，居然假装深沉。他说完，扭过头去，忧郁地盯看女孩。

我不知女孩何时被软禁到窗台上。这些日子她一直在那狭小的空间走来走去。据说，屋子里的人类受不了她的气味。这真好笑，难道你们人类的气味我们就能受得了？

可怜的孩子！我们，至少还有自由。

那窗台像跳板一样从二楼探出来。她在悬崖顶上。

那一天，男孩发现了她。飞快地穿越马路，跳上储藏室房顶。他俩面对面，聊了很久。男孩开始焦虑不安。后来我明白，他要策划一次营救，或者，越狱！

到那个窗台，需要冒这样的风险：从围墙跳到西单元一楼窗台。再通过空调外机，到中单元一楼窗台——也就是女孩下方。上下两个窗台间，仍有一台空调可供跳跃。问题是，每一关失利，都会摔得很惨！

我还说什么呢？不经历点事儿，年轻人怎么会成熟？

第一次营救，简直惨不忍睹！

小伙子在第一关就重重地摔下来！女孩哭了。女孩说:“算了吧！这不可能的！”我微笑。可那只猫又回到起点。这回他总算闯到第二关！但很可惜，又一次华丽的坠落。

他以遍体鳞伤告终。

整整半个月，他一瘸一拐行走在我嘲讽的目光里。

我想，他肯定在思索，为一次艳遇拼掉小命值不值？但几天后，我发现他在疯狂训练。奔跑，跳跃，攀爬。要知道，作为一只野猫，还要躲避人类袭击。人类开始喜欢吃我们的肉，吃得津津有味。再说，哪座城市没有几个以虐猫为乐的混蛋？他们拿脚尖踢我们肚子，用烟头烫我们的皮毛和眼睛。即使不训练，我们野猫也拥有一身好本领。

现在，第二次营救开始。

我猜测，这孩子是动真格的了。

他成功到达二楼窗台下的空调机。稍作调整，往后一退，助跑，腾空。动作漂亮极了，但结果不理想——他像一只巨大的茄子，挂在窗台边缘！两条腿在虚空中无助地蹬来蹬去！

我闭上眼睛，想象他跌落地面的样子。然后，打算离开。可是，再次睁开眼时，我看到那女孩在拼力地拽那男孩！

我呆呆地瞧着他们。

心里默默祈祷。

谢天谢地，他成功了！

当然，这不是最后的胜利。窗台上显然不适合经营浪漫的爱情。他们拥抱之后，便开始越狱尝试。女孩依然不敢跳！最后，男孩独自一人撤下来。他从我身边经过，信心十足:“我会把她救出来！”我连连点头:“孩子，你肯定行！”

我半躺在墙头上，看他灵巧地穿过马路，到对面去。过了很久，他再次出现，嘴里拖着一根绳子。他真的很聪明！

小伙子走到马路边，像小偷一样左看右看，然后，迅速起跑。我们就是这样穿越危险地带的。可意想不到的事情突然发生！绳子另一头突然被路边什么东西缠住，这小子在马路中间打了个滚儿！

我的微笑立刻转为惊愕！

同时，女孩也一声尖叫！

一辆车悄无声息驶过，从那男孩身上碾过去！

我软软地伏在那儿，目瞪口呆，无法呼吸！也许过了好久，也许，只是瞬间。又听到一个奇怪的声响。我迅速扭头，只见那女孩像一个皮球，在几个障碍物之间弹了几下，砰一声，砸向地面！

后来，我一边漫无目的地走，一边憎恶地看着这座城市。路灯耀得睁不开眼。车流，水一样，静静地淌。人类成群结队。黄的，红的，棕色的头发。两个人，正拥抱着，在大街上亲吻。

突然，我浑身一颤！是的，那个女孩！她，居然没死！正一瘸一拐，慢慢靠近男孩！确切地说，是男孩的尸体！她到那儿了。马路中间。我看到她仰起头，看着天空！随后，慢慢在情人身边躺下来！

远处，正有另一辆车驶过来。

女孩抬头看一眼，缓缓立起身。

我泪眼蒙眬："别这样啊！我的孩子！"

猛然间，女孩飞身跃起，冲那辆车迎面撞去！一个刺耳的刹车声！随后，砰一声响，那车扭转方向，撞向迎面驶来的另一辆车！紧跟着，一连串撞击！

这个夜晚，似乎有太多的声音。现在，什么也听不见。只能看到模糊的影像。闪着红灯的警车，救护车，大腹便便的警察，白衣服的护士。一个戴眼镜的，提着摄像机，连蹦带跳。车里有个孩子，捂着额头哭。一个络腮胡子探出头来，大声地骂："奶奶的，怎么回事？"

我在慌乱的人类中间缓缓穿行。

该死的！你们永远都不会知道，这一切，缘自两只猫。此刻，他们一个像图腾似地贴在地面，另一个，辉煌灿烂地挂在路边一个十字形枝杈上。

感觉一只青蛙

——每个夜晚来临的时候，孤独总伴我左右。

这句歌不经意就给正在驾车的美惠一个感动。美惠登时觉得眼角潮润。同时，敏感地察觉车子颤动一下。她马上警告自己，不许再分心了！

在一个漆黑的夜里，行驶在扭曲如肠的山路上，路侧是黑魆魆的山谷，而且，春雨迷蒙。怎么能够分心呢？她长长叹了口气，顺手取过一支烟来点上，摇下玻璃，将那口烟喷向暗夜时，一股湿漉的春天气息钻进车子来。

美惠把车速放慢，像是在雨中慢步。雨似乎愈加急促。两道车灯上散着白晃晃的光。地面上，缥缈的烟雾氤氲地浮起来。

拐过一个弯道，美惠的眼前却突然一闪。她的视野里蹦跳进一团生机。

那是一只美丽的青蛙！带着惊蛰过后潮湿的泥土气息，突地闯入美惠的思维。

美惠转动方向盘的念头是猛地出现的。她当然不会允许自己的车从那个小动物的身上碾过去。就在那一瞬，她觉得右前轮突然下沉！车子继续前滑，便如同飞翔在空中的鸟儿。那只青蛙的影子在美惠视线内清晰一闪。然后，她就陷入那个漫长而又美丽的下坠过程。

那个过程中，美惠似乎非常清醒，又像是一派模糊。仿佛是一个梦，恍惚间又不像。四周转瞬人声喧哗，却又一片漆黑。朦胧中，她感到自己躺在一个温暖的怀抱里。周围弥漫着一股清新湿漉的气味。看到那只青蛙的时候，鼻子里钻入的就是那种气味。有一瞬，她是清醒的。尽管眼前什么都看不到，但她能够感受来自身体某个部位的疼痛。但当她疼痛时，总有一只大手悄然抚摸着疼痛位置。那尖锐的疼痛于是变得舒缓，变得若有若无。

美惠想说话，想知道自己在哪里，却无能为力。她在一个神秘的领域莫名其妙地游荡。

我在哪里？终有一天，她清晰地听到自己的声音。

你醒来了！有人说。这时，她才感到自己的手被一双大手紧紧握着。

你是谁？她再问。我在哪里？

在医院，你已昏迷好几天了。那个声音充满磁性，是个年轻男子。此时，他似乎伏下身来，那股熟悉怪异的气息再一次沁入美惠的身体。

那么，告诉我，你是谁？

一个等你很久的陌生人。

这话让美惠怦然心动！但美惠的眼睛被绷带缠得紧紧的。她看不到男子面庞。她的嘴唇动了动，马上就有根吸管递到嘴边。果汁沿着喉咙渗入肌肤的时候，美惠觉得自己像一棵即将干死的小树，缓缓地苏醒过来。

有一刻，她听到一个小护士的声音，你好福气，瞧这个小伙子多么疼你。她脸上顿时一热。护士走开，她把自己的小手软软地放进另一只手里，谁也不说话。但她感觉到了那男子的心在突突跳动。

就在那一瞬，美惠知道，自己现在一刻也离不开那个男子了。

可是，我看不到你呀。那天，她说。我多想看看你的眼睛。

你会看到一切的。男子语气里却含了一丝忧郁。

一天上午，男子突然幽幽地说，你就要能看见东西了。美惠非常高兴。她完全没注意男子的语气。她在想，我终于可以看见他的样子了。

她果然很快就能看到了。大夫给她拆开绷带后，她第一句话就问，他呢？

大夫眼睛里满是惊疑，他是谁？这病房里一直就你一个人。

可那个陪我的男人呢？

几个大夫面面相觑，从头到尾都没有人陪你的呀！我们大家还觉得你肯定很孤独。

美惠在医院的角角落落疯狂地寻找了三天，没找到。

现在，美惠从方向盘上抬起头来，脸上，早就满是泪水了。

车子停在路的中央。雨似乎早就停了。或者，根本就没下雨。

美惠恍惚间觉得自己已经下车了，她在那段路上四处寻找。路面上空空如也，那只青蛙的影子早不见了。她又往路边看了看，路边的断崖下，草木蓊郁，丝毫也没有曾经坠车的痕迹。

美惠再一次，或者也许是第一次，走出车门。她抬头看着漆黑的天空，鼻子里异常清晰地钻进那股清新而又润湿的气息。

她忍不住狠狠地呼吸着，直到再次泪流满面。

网络

蓝颜知己

我们这叫什么？——蓝颜知己。

想起与卷帘人的对话，脆雪儿抿着嘴笑。

昨晚，两人又在聊天室进行了一次绝妙配合。QQ上，卷帘人提议：进聊天室疯一次？脆雪儿顿时兴致高涨：用什么名字？卷帘人说，默契一下。然后屏幕上同时出现两个绕口令似的名字——西瓜西瓜寻找芝麻，芝麻芝麻寻找西瓜。

聊天室里，尽是熟悉网友。两人一去，满堂皆笑，都在猜测，谁是西瓜，谁是芝麻。他俩却逮住谁晕谁，搞得几个老网虫都找不到北。最后，斑竹狂怒，提着俩人衣领，两脚踢出聊天室。两人对着屏幕，笑得肚子疼。接着，就出现上面的对话。

卷帘人回答完，脆雪儿思谋良久，独自叹口气：但愿能够保持这种感觉。

网络真是块栖息灵魂的好地方啊！脆雪儿想。在现实中，要做蓝颜知己，谈何容易？是谁提出蓝颜知己这个词的呢？多么富有想象力，只可意会，不可言传。蓝颜红颜，界限何其模糊？甚至她断言，除却网络，现实生活中，根本不可能会有。不是没有生存的土壤，而是缺乏阳光、雨水。仅是长舌妇的唾沫，也足以将其淹没。

好朋友项北不就是个例子吗？

那时，两人也似乎经历这样一段时期。典型的情人与老公之外的异性密友。可有一天，她发现项北注视她的眼神，大有异样。项北啜着咖啡，悄声说，雪儿，我发现已经爱上你。她的搅动咖啡的手就此停住。然后，淡淡回答，你越位了哦。

再后，项北的铁桶式老婆寻上门，让项北当着两个女人，回答那个非常经典非常俗套的问题：到底喜欢她，还是喜欢我？可怜的项北居然还笑。最后，他终是搂住老婆肥硕的脖子，无限温柔：当然是你啦！

当时，脆雪儿笑得花枝乱颤，差点笑出泪花。

脆雪儿有老公，而且，相当体贴人的那种。可不知从何时起，两个人都感觉缺了些什么。下班回家，老公按惯例会主动系起围裙下厨。有时，脆雪儿斜倚门框，抱着胳膊，打量无限欢快地掂着炒菜锅的老公，暗自叹气。然后，把目光投向窗外，看人流车流郁闷地淌。吃罢饭，老公照例捧一本书，坐那里半天不动。连孩子骑他脖子上，都不影响。脆雪儿握着遥控器，搜索化妆品广告、言情泡沫剧。整个晚上，手指一直在摁，最后发现什么也没看成。

就感觉，这日子过得实在淡了。

脆雪儿受女友的鼓动钻进网络，一开始怀揣旁观者目光，一旦融入，却又发现网络的妙处，不能自拔。尤其，遇到卷帘人，聊过几次，几乎无话不谈。

一个冬日夜晚，天空飘起雪花，簌簌地打落下来。卷帘人突然邀请，一起去看雪好吗？这是个大胆的邀请！脆雪儿怦然心动。

尽管，脆雪儿曾信誓旦旦，决不同卷帘人见面！

但这个邀请，实在诱人。

她悄悄来到卧室，老公的鼾声非常富有张力。于是，她蹑手蹑脚出了房门，轻巧地下楼。一出楼门口，便跑起来。一辆出租车停在大门口，她毫不犹豫地钻进去。心跳得厉害，甚至没有转过脸来，盯看旁边的卷帘人。车子行驶在雪幕里，来到城郊。两个人跳下车，站在路灯下。脆雪儿这才去打量卷帘人，有起伏的一张脸，黑头发长长。卷帘人抬起头，快看啊，雪儿。脆雪儿也抬头，惊讶地叫起来。雪纷纷地落下，给人感觉像自己在往天上飞。脆雪儿伸出双手，于是便张开了翅膀。

回到家的时候，脆雪儿感觉身上湿透。躺进被窝，老公翻一个身，似在梦语：你身上好凉。

从那时起，他们开始频频见面。

可事情奇怪得很，见了面，反倒没有在网上聊得愉快。

最后一次，是在一个灯光昏暗的酒吧单间。喝过酒的卷帘人，神采飞扬，长头发在舒缓的音乐里，轻轻甩动。他们谈村上春树谈张艺谋谈葛优谈苏格兰风格的音乐，甚至，还谈木子美。脆雪儿眼睛里闪着光芒，脸色红润。卷帘人突然停住话头，盯了脆雪儿看。

求你，爱上我吧。他轻飘飘地说。然后，影子似地走来，把手搭上脆雪儿的肩膀，俯下身，默默寻找脆雪儿的嘴唇。一双手，却并不停歇，一路向前滑行。脆雪儿起初闭着眼睛，但当那团黑发覆盖下来，那热热的唇即将触及她时，她浑身的血液，呼地一下子冷却下来。

脆雪儿挥手站起来，推开房门，向外奔跑！

第二天下午，脆雪儿瞧着在厨房里忙活的老公，悄然走过去，把双手绕过老公的腋下，环绕过去。脆雪儿轻轻地说，我也想试一下，围裙系在身上的感觉。

女色时代

叶晓蒙把自己的网站命名为“女色时代”。

而且，首页上，她响亮地提出口号，或者宣言，她说，作为女人，应该意识到，这个世界，已不再是男权大一统思想时代。女人为此抗争了许多年，早就应该旗帜鲜明踏上历史舞台。女色，不仅是要在口号上对男权思想进行颠覆，而且，行动上也要大刀阔斧，全方位渗透。

她号召进入网站的所有女人，学会鉴赏男人，品评男人，同时还要具备吸引男人的各种手段，比如，她鼓励每一个女网友，一定熟练掌握发送手机短信的技巧，内容嘛，当然是荤段子，其色彩浓度，要比男人之间传的，有过之而无不及。叶晓蒙明明白白表示，网站欢迎男人加入，但你首先应该考虑的是，你的胆量问题。

得知这一消息，我惊诧不已。

我想，每一个男人，都不会无视这种非凡的吸引力。

我偷偷进入那个网站，注册的名字非常女性化。我得承认，我这人缺乏足够的胆量。尽管走在大街上，我常常会打量擦肩而过，或迎面而来的美女，而且，目光随着她一直走，但是，一想到会有无数个女人以品评的眼光打量自己，心里还是发毛。

漫游在那个网站的过程，我有种感觉，自己像是被一件一件剥光了衣服，赤裸裸地行走在女人的目光里。有时候，也会突然意识到，其实，男人何尝不是一贯拿这种眼神打量女人的？

但这个网站上，最能体现女性力量的，不是她们从穿着打扮、体貌形态上分析男人，而是她们直接刺入男人的思想，拿着手术刀，解剖男人的灵魂。

让我们觉得可悲的结论是，男人的思想，整体上呈现萎缩状态。与这种状态同步进行的，却是男人花心。男人花心牵出另一句话：现代男人靠不住。反弹琵琶，既如此，臭男人为什么一定要求女人靠得住？换言之，女人何必为男人守身如玉？

我是抹着满头冷汗，跌跌撞撞走出来的。

心道，这个叶晓蒙，到底是何方尤物？

过了不久，我有幸在电视屏幕上认识到她。

在我们这座北方城市，叶晓蒙成为新闻人物太不足为奇啦。她很快被请进电视台直播间，一同去的，还有三位美眉，个个飘着五颜六色的长发，酥胸，白臂。叶晓蒙坐在我们那位获金话筒奖的美女主持面前，流光溢彩。一时间，直播间所有女人，似乎都成了绿叶。

叶晓蒙的直言不讳，让我接受到关于她的以下信息：八十年代初出生，毕业于某师范学院艺术系，做过服装设计、电视栏目策划、酒店领班、流浪诗人，现为自由撰稿人，自称新生代美女作家。初恋发生在初中一年级，自此频频与不同男友约会。其婚姻观：取消结婚离婚制，代之以律师介入的私人协议。

叶晓蒙这名字迅速家喻户晓。

女色时代网站点击率骤然上升，频频出现堵车现象，几度瘫痪。

从一个熟悉叶晓蒙的朋友那里获悉，叶晓蒙现在随身携带四部手机——脖子上就挂着两个，经常同时响起。打进来的，大多是男人。所有男人，都渴望能认识她。

艳福不浅啊！朋友说。

叶晓蒙说过的每句话，也迅速在男人圈子里传开。尽管，她的观点大多数时候伴随着理性的思考，出现在各大媒体上，但是，男人们不约而同传着的，却是一句很通俗易懂的话：男人可以不负责任地玩女人，那么，为什么我们不能玩男人？

很符合物理学原理。力的作用，是相互的。

发生在叶晓蒙身上最惊心动魄的事儿，是网站建立后第二年秋天。

那是个寒风萧瑟的下午。叶晓蒙驾着她刚刚购买的轿车，走在乡下一段偏僻道路上。突然，车前出现几个横眉冷对的女人！

女人们显然有备而来。

她们把叶晓蒙从车里揪出来，并不说话，就开始拳打脚踢。叶晓蒙被打翻在地，双手紧紧护脸。其中一个女人，恶狠狠发出一句经典国骂，接着说，瞧瞧，她还想要脸呢！几个女人于是迅速达成共识，杂七杂八的手指，或者兵器，划向叶晓蒙的脸。叶晓蒙拼命挣扎，但是，她的双手双脚都被人按住，甚至，有人手脚麻利地撕扯开她的裤子。叶晓蒙感到脸上和下身火辣辣的疼，似乎是被刀子，或者锥子，酣畅淋漓划来划去！

这是一起并不考验警察智商的案子，很快告破。

女人们的犯罪动机根本没有悬念：那几个女人的老公，都被叶晓蒙迷得不行了。

从此，再也没有人亲眼见过叶晓蒙。见过的，也仅是在女色时代网站关闭时，叶晓蒙贴出的一张照片。

我盯看着那张照片，发出一声尖叫！

天哪！那已经根本不能算是一张脸啦！

照片下面，有一行字：没想到，毁了我的，竟是女人。

今夜又下着小雨

她在听刀郎的歌。在网上。

窗外，小雨正一点一滴洒落下来。轻轻地，敲打玻璃，敲打白杨树叶。

她悄然站起来，抱着洁白的胳膊，看窗外。

“想去年那场相遇，那天也下着小雨，雨中的你，是那么美丽。”孤独，像蚕食桑叶一般，哧哧啦啦滑上来。听刀郎，实际上，就是品味莫名其妙的孤独。她舔了一下嘴唇，重又坐回去。不经意，又走进那个聊天室。

她取一个吓自已一跳的名字：“寻找不聊性的男人”。她走进的这个聊天室，却正是成人空间。弄不清为什么来这里。有时，她只是坐在那儿，静静地看着别人聊得起劲。有人来招呼，她置之不理。可这一次不一样，她想主动出击。丈夫离开家已经一个多月，像歌里唱的那样，夜晚是个难关啊！她觉得，房子每个角落都空空荡荡，一如她的身体。

她想，找个人说会儿话也好啊。这次，她真的是想。

他悄悄地进来。

她其实没注意他的到来。那个名字很普通，似乎根本不想吸引人注意。这和她的出发点大不一样。他进来时，已有三个男人对她发出挑逗信号。网络就这么奇怪。她的那个名字，起到相反的作用。

“我很累。”这是他对她说的第一句话。

她注意到。回答：“我也是。”

他半天没动静，接下来却是这样一串话：“上午我就想找个人来聊天，却一个也找不到。你知道吗，我的电话本上的号码，足足有几百个，可我连一个说会儿话的人都没有。我在房间里，转来转去，直想哭。”

这句话立刻吸引住她。她何尝没有这种感觉？那时，她想，是不是这个世界上，每一个人都有这么孤立无援的时候？

短短的几句话过后，她发现，这是个颇有学识的男人。他不是在网上聊天的好手。但她却感觉，这是个可以信赖的人。于是，两个人开始密谈。

她的内心开始蠢蠢欲动，这正是她想要的效果。你不正考虑要钓一条鱼吗？她甚至开始心跳加快。她问自己，你在背叛丈夫呢？还是在背叛自己？她这种想法，掩盖了网络聊天时的戒备心理。因此，在那男人说："我的手实在跟不上，想不想和我一起出来转一转？"时，她没有考虑，就答应下。

出门前，她站在镜子前面，伸出手，轻抚一下脸颊。她注视自己一会儿，然后，拿过香水瓶，在自己细长的脖颈上，喷洒一下。

"空气中飘荡着你那芬芳的气息。"刀郎的声音，被咔嗒一声关在屋里，小雨声取而代之。她撑开伞，走进雨中。雨点啪一下，啪一下，开始敲打她的心思。

难道，这就是所谓一夜情的序幕？背叛，是个可以斟酌的词。身体，灵魂，哪个背叛会更彻底？我的身体动了，但灵魂没有动。也许，也许，可以这样解释。

一辆黑色轿车停在路边。车玻璃缓缓落下。她绕过去，拉开车门。

"也许，这样很冒昧。"车子开动后，他说，"我来这座城市已经五年，可这种经历还从未有过。"

她抬起头，看他一眼，和自己想象的一模一样。"我也没有过。"

"今夜又下着小雨，仿佛又看到你的背影。"车里飘的居然又是这支歌。

他们的车子出了城区，来到城郊，在一片树林旁停下来。

"在城市里，我觉得自己呼吸困难。"

"为什么？"

"这里的天空不属于我。我以前是个老师，教古典文学。后来，下海，来这座城市。我应该算是成功的，挣了在学校里教书根本无法想象的钱。可是，我一点都没有成就感。相反，钱越多，心越累。"

"一个人在这里？"

"是的。"

"妻子呢？为什么不在身边？"

"在另一座城市。她放弃不了自己的工作。"

他们下了车。开始，他举着雨伞，遮在她头顶。后来，她跑出去，脱下鞋子，提在手里。他愣一下，把雨伞收了。她张开手臂，感觉雨水沿着她的胳膊、后颈，灌进衣服，凉得惬意，凉得酣畅。她忍不住喊起来。他起初站了一会儿，一动不动，只是注视着她在那里旋转。后来，也奔跑起来，也举起手，仰面朝天，任雨水洗刷浑身的疲惫。她回转身，抓起他的手来，两人一起笑着，在雨里奔跑。

就在那个过程中，她感觉这世界变得非常清澄。雨水，洗去多少东西？

他们重又回到车里，照例有说有笑。他发动车子，说："我们该回去了。我担心你会感冒。"

她愣一下，但不说话。心里有个声音：我们，要回哪里去？

车子沿着来的路线，回到她的住处。她下了车。他伸手把雨伞递出来："回去赶紧换下衣服。"她笑了，朝他挥挥手。"其实，放松心情，就这么简单。"他点点头，缓缓摇上玻璃，车子开动，很快消失在雨中。

上楼的时候，她一直开心地笑着。

拍砖工具

拍砖工具是个网友。他名字就叫拍砖工具。这名儿起的，简直太霸道。

所以，我曾跟他讲，别这么锋芒毕露。网络上的人并不比现实中人。有些人的阴险，让你防不胜防。我的朋友，拍砖工具，并不以为然。依然是一付愣头青的样子，似乎手里随时都握着一块方砖，寻找对手开拍方位。

的确，他拍砖的方式方位时机有时真的叫绝。而且，形成一整套理论体系。拍砖原则是，稳、准、狠。非大腕不拍。这有讲究啊，拍个无名小卒多不过瘾？类似于时下向名角挑战。非同龄人不拍。年纪大的，拍了让人说不敬。年纪小的，会遭欺负人的骂名。当然，这不好分辨。但时间久了，同一论坛，就少有走眼的时候。非素质高者也不拍。和臭棋篓子下棋，有什么味道？

你明白啥叫拍砖吗？就是跟人家帖子，措辞严厉，挑刺儿，找毛病。性情温和，那叫灌水。人家拍砖工具不干这种事。他专门拍人，找准目标就拍，决不含糊。

好多人都被他拍怕了。

我也挨过他的拍。我写过一篇随笔，大致是静夜里抽烟思索。刚贴上，他吧唧一砖就拍我屁股上。说，女人小资，犹觉可爱。男人小资，则除却可笑，便是恶心。我回帖道，我这叫小资？他紧跟一句，你的确不太像，你这叫矫情。男人矫情，如丑女发嗲，让人起鸡皮疙瘩。

瞧瞧，这是什么人？

我干脆君子不和牛生气。

在酒桌上遇到，他仍然稀稀拉拉跟你笑。

有一次，我问他，你这样拍砖到底累不累？人家很坦率，不累，真的不累。

可那一次，他却累了，累得彻头彻尾。

网站上来个新人，叫三碗不醉。写杂文、随笔的，文笔很是犀利。刚贴了三篇，就被拍砖工具盯上。有些人的乐趣在于挑战对手，没对手时，在于发现对手。拍砖工具取得的胜利场次太多，理所当然有武林高手寂寞之感。

发现三碗不醉，他眼睛一亮。

他说，你等着，看我怎么拍他。

我笑。有热闹看啦。

拍砖工具挽挽袖子，提着砖头，大踏步向目标信心十足走去。可是，他显然稍稍低估了对手的反抗能力。那一砖，不仅没把对手放倒，反而一下子激起了人家的战斗激情。对手果断还击，将一块更大更厚的砖头劈头盖脸反扔回来。这一砖，让拍砖工具打个趔趄。他站稳脚跟，面露微笑。好家伙！果然是块材料。他激动得好像每根汗毛都支棱起来。

于是，这个文学网站最轰轰烈烈的拍砖大战拉开帷幕。

那段时期，拍砖工具和三碗不醉的对攻，是网站最大看点。几乎所有人点开网站，都直奔过去，看最新战况。适值伊拉克战争全面爆发。网友们有两个重大战事可以关注，着实累了一把。拍砖战役最为高峰状态时，美军士兵进攻巴格达，开始巷战。拍砖工具和三碗不醉同时进入一级战备。每天早晨八点准时开战，直至晚上零时。中间两餐中场休息。战至酣时，休息也免掉。网站点击率直线上升，许多人自始至终坚守在电脑前，为二人摇旗呐喊。每个人都清楚，这场辩论，内容已发生改变，由辩论问题沿着一条线路转向人身攻击。可他们的攻击照样精彩无比，攻守有致。

参战人员越来越多，很明显分成两个阵营。

巴格达被彻底攻占的那天，拍砖工具也被人实施最具杀伤力的一击。这一下子，让他精神支柱轰然断裂。

硝烟依然弥漫战场，但枪声一下销声匿迹。

那是一张照片。非常清晰。拍砖工具胳膊上挽着一个女人，从一家歌舞厅门口走出来。问题是，谁都看得出来，那女人根本不是拍砖工具的媳妇，而是三陪小姐。

拍砖工具一连好几天手机都关得严严实实的。

再接下来，有消息说，拍砖工具被他老婆狠狠地拍一砖，炒了他的鱿鱼。

半年以后，我在路上遇到拍砖工具。看上去，他很疲惫。

我试图安慰他。他摆摆手。然后，压低了声音对我说，你知道三碗不醉他妈的是谁吗？是我同事！就坐在我隔壁办公室。去年，我们俩为了竞争副科长，暗地里较足劲，最后，两败俱伤。那张照片，就是那狗日的去年偷拍的。

我张大嘴巴！

耳朵里传来拍砖工具恶狠狠的话：君子报仇，十年不晚！

菜鸟

梅子围写诗歌，在市里文坛很混得开。各种场合很多朋友都喊着他。一是这人有趣儿，一杯啤酒下肚，会站立起来，甩动长发，给大家朗诵他的新作。再者，梅子围不张狂。不像有些个诗人，写几首除他自己谁也不明白的诗以后，在酒桌上，要么让人欣赏他的眼白，要么展示自己下巴。梅子围不，他几乎从来不和别人谈诗，除非他喝多，会说诗是他妈的臭狗屎之类。也从不说他堕落以后要去写小说之类的疯话。基本上很谦虚。谦虚的人，怎么会招人厌恶？

我因此喜欢他。我是写小说的。我们却成了好友。这在市里文学圈很难让人理解。谁都知道，文人注重帮派。小说、诗歌、散文的作者，内心里互相都瞧不起对方。大家在一起的时候，状态很乱，关系很微妙。

很长一段时间，梅子围写诗并不用电脑。他皱着眉头说，那玩意儿怎能给人激情？他极力主张用钢笔稿纸写作，并身体力行，写好，找人给打印。打字室的漂亮妹妹不识他的字，他于是不厌其烦朗诵给她听。直到小姑娘一听到他朗诵，就微微皱眉。

人家皱过几次眉头，梅子围觉得不好意思。诗人的观察力很细致，思维很敏感。她又不是咱的媳妇，总这么折磨人家，不太像话啊。

所以，梅子围试验性地在家添置一台电脑，开始一段很艰难的转型。但梅子围有时的确觉得痛苦。诗人的灵感一来，挡都挡不住的。可他打字用全拼，有些字老半天找不到，等找到，灵感像一条鱼一样游走了。每当此时，梅子围就习惯揪自己本就不太多的头发。幸好，这一关很快过了。

梅子围当然要上网。

有了电脑，谁还不上网呢？

一帮朋友知道梅子围进了网络，都拿异样的眼光看着他。觉得，这怎么可能？老梅同志不是一向对电脑有情绪吗？但一群在网上钻久的虫儿，都想让梅子围的诗出现在自己喜欢的论坛。这可忙坏了梅子围，光一项发帖就学了整整一个星期。第二个星期，我突然看到了跌跌撞撞闯入聊天室的梅子围，不由得发出一声惊呼。大家都着了马甲，唯独梅子围原名注册，这下惨了，都跟他打招呼，他一个也不认识。他打字奇慢，憋了好半天，才发出三个字：大家好。像领导口气。大家都笑。

第二天，我跟他讲，你真菜。

他迷茫着眼睛，你说什么？

我说，你是一只菜鸟。

菜鸟是什么鸟？

你这问话，证明你这只鸟菜得很地道。

他抓抓头皮，笑，我明白了。

但很快梅子围就向所有人证明，他的菜鸟培训期非常短。标志之一，他在极短时间内，居然能够熟练地操作QQ。有一天，他极神秘地把嘴巴凑到我耳朵边说，老宗，一段网恋可能在一个叫梅子围的人身上发生。

我盯看他半天，问，哪个MM被你泡了？

他抿着嘴乐，你猜是谁？

我说，我哪能猜得到？

就那个给我打字的小姑娘。

我差点晕倒！

我必须告诉你，梅子围并不是你想象的那样，在文联作协之类的文化部门工作。他是个机关干部。机关干部鼓捣诗歌，够新鲜吧？对梅子围来说，尤其如此。他所在的科室，是可以批条子办手续的那种要害部位。谁都知道，那是一块什么土壤。不管那里长出什么庄稼，或者干脆是棵狗尾巴草，都没有像长出一个诗人来那么令人不可思议。

后来，发生在梅子围身上的事，证明他也没有跳出那个约定俗成的观点。

诗人梅子围被抓了。

因为受贿。

而且，数额大得足让他用十年的青春来交换。

我得去看他呀，都是朋友。再说，现在，受贿有什么奇怪呢？我早就说过，梅子围在那个环境不受贿，那才见鬼。朋友们常说，你倒想腐败，你有那条件吗？这话很对。

梅子围当时在看守所。见到他时，他穿着一件红色马甲——那里关押的每个人都穿有一件。长头发消失，脑壳光亮得很具喜剧效果。在梅子围眼睛里，我丝毫都没有捕捉到诗人往昔的光芒。

相对无言。好半天，梅子围嘿的一声笑了。梅子围说，老宗，你猜我最后一笔收了多少钱？二十万。我不解，老梅，这有什么可笑之处吗？

当时，那人带来十万。你知道我跟他说什么吗？我跟他讲，你这人真菜。他问，您说什么？我说，你是一只菜鸟。那人真聪明，居然马上领会到我的意思，又加了十万。

我微笑。有点意思。

梅子围被带进去时，我突然想起个问题。我问，老梅，以后，还会不会写诗？他回过头来，瞧着我的眼睛，半天，才叹口气：不写了，我该写小说啦！

苏斑竹

去上网呀，老苏。这是半年前我给朋友老苏的建议。

当时，老苏很苦闷。苦闷极啦。老苏跟政敌经历一番明争暗斗后，像被拔净毛的公鸡一样，败下阵来。老苏拱手站在被领导的位置上，差不多把自己从政年龄的黄金时段都打发没了。而且，在家里，老苏的位置也不靠前。老婆跟儿子，俩领导，一个都不能少。哪个他敢得罪？这简直要老苏的命啊！你知道，我们的老苏有多么想干领导。

老宗，我很失败。老苏揪着头发，红着眼，盯着我看。

于是，我说了上面那句话。网络有很多好处，这我是知道的。

就这样，老苏开始了他的网络之旅。

可没想到，这真的差点要了他的命。在我的带领下，我常去的那个文学论坛，就跌跌撞撞飞进一只菜鸟。但老苏这人脑子不笨，所以，他的翅膀越来越硬，很快飞得很有姿势。他学会了发帖，回复。有一天，我吃惊地发现，老苏在给一个女网友的帖子后面跟帖时，出现一种蠢蠢欲动的挑逗气息，而后者呼应俨然知己。这真让我对他刮目相看啊！现实中的老苏可是正经无比。这说明，咱们的老苏开始在网络中遨游。

厉害呀，老苏。有一天，我对他讲。他对着我吃吃地笑。笑过，扔来一句话，千万别告诉你嫂子。

这个老苏。

更奇的事在后面。

老苏凭着他孜孜不倦的战斗精神，很快将自己的发帖率提高到前几名。而且，我忘记告诉你了。老苏这人是搞材料出身的，偶尔也写点小说散文拿到晚报上发。所以老苏玩得很顺利，很兴致，很如鱼得水。不久，网站站长发现这是块材料，打算把他发展成斑竹。

斑竹是什么级别？老苏问我。

相当于中层领导，和我们局比较的话，就是处长。

是吗？老苏眼睛一亮。有什么权力？

权力大了。我扳起手指头来。能够在自己负责的板块删除帖子，移动帖子，添加精华。

哦？那能管多少人？

这不好说。原则上讲，只要来你板块上发帖子的，都是你的兵。

老苏脸上的笑很阳光。

老苏非常痛快地接受了斑竹的位子。而且，接下来的日子里，我发现老苏像是换了个人。我稍稍有点替他担心。老苏白天的精神像是不太好，老犯困。显然，夜里的活路干多了。有网站上的发帖回帖为证。但老苏心情好，这一目了然。科里人大多数不知道老苏上网，都觉得很奇怪。

我不知道，老苏一直在寻找行使权力的机会。

也就是说，老苏担任斑竹很长一段时间，大家的帖子都很合乎情理，尽管老苏有时候会举起黄牌，但该举红牌的帖子一直没出现。

机会终于来了。

一个刚刚注册的网友，一进来就抛出他的哗众取宠之作，小说里面夹杂少许的性描写。他这不找事吗？难道他不知道老苏等得眼睛都红了？老苏立即像闻到鱼味的猫一样窜去，干脆利索地把那帖子清除出局。

事后，老苏得意洋洋地向我宣布了他这一壮举。

可事实证明，老苏遇到一个难缠的对手。

对手马上做出反应，把那帖子重贴一遍。

老苏再次删帖。

对手再帖。而且，后面跟帖叫骂。

老苏删掉帖子。开始还击。

于是，一场轰轰烈烈的拍砖大赛开始。老苏显然不是敌手。老苏手忙脚乱。老苏被满天飞舞的砖头拍得晕头转向，遍体鳞伤。最后，他慷慨激昂地说，难道你连斑竹的话都不听？这引起许多网友的一片嘘声。大家一致认为，老苏完了。彻底败了。大家非常希望看一场精彩的辩论。可最后，发现老苏是混进重量级拳击比赛的轻量级选手。

这下子可害惨了我的朋友老苏。

老苏问我，你不是说，斑竹可以行使删帖的权力吗？

我无语。

告诉我，那人是谁？

我怎么知道？显然，这个看不见的对手比现实中的对手给了老苏更加厉害的一击。有一阵子，我发现老苏脸色非常难看。不久，老苏感冒了。再不久，老苏就进了医院。

瞧这事闹的。

我得去看看他呀，说到底，这是我的错。

老苏脸色苍白躺在病床上。我找不到合适的话题，就说，老苏，网络上的事，怎么当真呢？

老苏摇摇头，惨笑一声：老宗，我很失败。

昙花网恋

他从来没对另一个国家的风土人情、历史文化如此痴迷。他几乎在网上敲遍了所有关于土耳其这个国家的窗口。甚至，听到土耳其的电视新闻都要在心底里闪过一丝毛茸茸的温馨。

他做这一切都是为了那个姑娘，一个在遥远的国度做英语翻译的二十一岁的土耳其姑娘。

跟那个有着浪漫激情的法国女郎分手以后，他遇到了贝蒂，一个年轻、时尚、喜欢新鲜花样的小姑娘。老实说，他是对那个小东西（他私下里这么称呼）入迷了。

是啊，谁会拒绝年轻、时尚呢？他坐在电脑前，非常含蓄地笑着。想象着那个第三世界的白领丽人小巧玲珑的样子，一股异域风情就很暧昧地浮上心头。他并不掩饰自己，他进入网络交友的目的并不清纯。没有人会指望在网络上能够寻到红颜知己。

网络不过是一种虚幻的东西。

可贝蒂的出现使他的这种观念发生了动摇。

聊了不几天，这个小姑娘就把他心底的污秽一扫而光。他以一种前所未有的小心翼翼来与其交谈。贝蒂说，她非常向往那个有着几千年文明的国家，她憧憬将来有一天能够站在中国的长城上振臂高呼，能够站在故宫富丽辉煌的宫殿里体味神秘空旷博大的王者氛围。她说土耳其也有漂亮恢弘古色古香的故宫，她绘声绘色地描述圣索非亚大教堂、具有土耳其风情的民族舞蹈，还有骆驼摔跤节。

他没有想到，这个姑娘竟然对自己国家的历史也有着惊人的透析力和体悟力，她谈到土耳其与希腊十九世纪末二十世纪初的内战时，他分明感觉出了缠绕她心头的那一丝叹惋和哀伤。他正是被这一点一点所打动的，他毫无顾忌地敞开了自己封闭的心灵。他说，历史问题总会给眼前的人或事物留下疮疤。他给贝蒂提起了中国经历的一段时期。他带着忧伤讲述着，红卫兵的腰带，抄家，坐火车不用购票，人挤人，男的拉开车窗玻璃就向外撒尿，女的蹲在人群中就褪下裤子。

他从来没有感觉到，原来聊天也可以使一个人的心灵如此澄明。

同时，他想，有时人与人的沟通，是不分国家种族和肤色的。

聊过数日之后，他们彼此都喜欢上了对方，而且分别做了礼节性的邀请。

那种感觉是悄然而至的。有一天，他一个人独坐，忽地一下，就肯定了自己几天来的想法，他是有点爱上那个姑娘了。他敲击着键盘，微笑着问，如果我真的去了，你高兴吗?

贝蒂同样微笑回答，为什么不呢？来吧，我欢迎你。

他甚至兴奋地在网上旅游公司查清了飞往伊斯坦布尔的机票价格，并设计了最短最实惠的旅游路线，徜徉土耳其故宫，聆听圣索非亚大教堂的钟声，观看异域风情舞蹈，乘船穿越波斯普鲁斯海峡。

他设想一个翘臀细腰肤色黝红健美的姑娘满脸微笑地迎上来，他看见他们两个的影子出现在一摆溜的金银丝手工艺铺子旁边，在罗马皇帝三世纪修建的黑色玄武岩城墙旁边蹦蹦跳跳而过。那个姑娘，那个浑身上下写满历史写满文化讲着一口流利英语的姑娘，轻轻巧巧地后退着，掰着手指历数这方土地被波斯、拜占庭、阿拉伯以及蒙古占领的历史。说罢，她非常俏皮地指着他说，你，是最后一个统治者。说着，小鸟一般，轻盈地飞离了，隐藏到古城墙的后面去。

可是，正当他从各个角度反复考虑这一计划可能性的时候，贝蒂如同当初神秘而来一样，悄无声息地消失，此前，没有任何离开的征兆。

这时候，他才意识到犯了一个很愚蠢的错误，竟没想到问清她的地址她的电话。连日里，他像一只不知疲倦的蚂蚁一样，反反复复出入于贝蒂有可能出现的聊天室。可他一无所获。

一天晚上，他正一边吃饭一边看新闻联播。突然，他愣在那里！

那组画面上，到处是倒塌的建筑物，医护车、警车鸣响着忙乱着，穿着白色大褂和深色制服的人用担架从废墟中抬出一个又一个的人。

播音员的声音明白无误地告诉他，那个连日来发生地震的国家，正是土耳其！

玩笑

红桃三和许多网虫一样，进聊天室纯粹是为了好玩。所以，和方块四一认识，他便把方方面面学来的知识成把成把地往外撒，而且，他把自己设计成了一个大学生，女大学生。方块四比较笨，两个人聊了许多次，竟也没发觉。非但如此，红桃三还凭着一种特殊的嗅觉，感觉到那个方块四对他有些意思了！

感觉到这些后，红桃三觉得更开心。

那天，红桃三刚进聊天单间，方块四就迎上来说，你怎么才来？红桃三说，你专门等我？方块四说，我现在已经茶饭不思，我想和你聊天。红桃三扑哧一笑，我们不正在聊吗？

我指的是在电话里，我已经千万次地设计你的声音，你的容貌，我的直觉不会出错。

红桃三在心底里暗笑了。红桃三说，你说的是真心话？

天地可鉴！

红桃三故作深沉，叹口气，你会失望的，我是一只丑小鸭。

不，你是我心目中最美丽的公主！

红桃三忍不住扑哧一声笑了，他内心里有一种游戏升级后的快感。红桃三说，方块四，其实，我也被你吸引住。你谈吐高雅，气质不凡。必定是一个好酷好酷的男孩！我其实已经看到你，你留了一头谢霆锋式的长发，长了一张刘德华式的脸，眼睛却像周润发。

方块四说，你猜对了，这说明咱们心有灵犀。告诉我号码，我给你打过去。

红桃三说，我想，条件还不成熟。

方块四说，怎么不成熟，我们彼此吸引，这一切都是上天给我们安排好的。

红桃三突然感到一丝不安，难道这个方块四来真的？随即又想，也好，游戏再刺激，终究是游戏，总是要结束的。红桃三便将办公室的电话告诉了他，他还是留了一手，没有轻易把家庭电话说出。

他告诉方块四，你明天早上八点钟拨打这个电话。

下了网，红桃三还是觉得这事好笑。他想象着方块四得知他是男子后的表情。肯定会十分懊恼，但红桃三又突然想，我既然可以称作女子，他难道就不会是女孩？或许他在和我开玩笑也说不定。

这样一来，他竟然也渴望尽快听到那个声音了。

次日一上班，红桃三就坐在办公桌前，盯着那台电话，希望那个声音突然之间冒出来。刚到八点，电话铃果然就响起来，他一把抓起来，竟突然顿住，电话那端并不说话，他听到了急促的呼吸声。他不知道该怎么说，但他敏感地觉察到，这玩笑开大了。他甚至想扣掉电话，结束这场游戏。就在他动了这念头的那一霎，一个声音清清楚楚地传过来，仅仅三个字，却一下子将他心底里那丝兴奋冲击得七零八落，那是一个被折磨过的疲惫却富有深情的男孩子声音！

是的，是个孩子！

那个声音听起来与红桃三的儿子差不多。

是你吗？

红桃三想逃，却又觉得该解释清楚，思谋再三，他说，是我！

沉寂，仿佛经历了一个世纪，一个带哭腔的声音说，你不是她！你叫她接电话。

红桃三的手莫名其妙哆嗦起来，他说，孩子，请允许我这么称呼你，我本来，只是，想轻松一下。这是个玩笑。

这不可能，你告诉她，我马上就乘车赶过去！

红桃三刚说，你别来。对方已经挂断。

红桃三一下子躺在了椅子上。

第二天，红桃三刚走进楼道，就见到一个小伙子斜靠在他的办公室门前，那样子，像是刚从战争前线撤回来。他迟疑一下，慢慢地走过去，小伙子的头发果然像极了谢霆锋，一只眼睛被额前的一绺乌发遮了半边，却是熠熠发着光芒，盯看着红桃三。红桃三望着他说，进来吧，我们谈一谈。

心底却是一紧，跟他谈什么呢？

小伙子说，你真是红桃三？

他点点头，是的，我是。

小伙子就慢慢低了头，眼睛也直直的，缓缓站起来，并不去红桃三屋里，却向楼梯口走去。红桃三站在空空的楼道里，脑子里一片空白。他看着小伙子的背影一晃一晃走到了楼梯口，突然，竟一下滑倒，就不见影子了！

红桃三急急地奔过去，见他倒在楼梯的拐角处，忙去扶他，却被一下推开。

红桃三问，你怎么样？

小伙子狠狠地吐了两个字：恶心！

A级恐龙

A级恐龙是我几年前的一个网友。

我不知道，她能否看到这篇短文，看到，不知会不会发出一声叹息。

常在网上的人，一定会发现这名字的幽默感。“恐龙”是同“见光死”这个词连在一起的。意思是，网友一见面，发现对方恐怖之至。网络的欺骗性在那一瞬如一个爆竹怦然作响。

这样，你就明白A级恐龙出现在那个文学网站后引起的笑声了。诚然，A级恐龙吸引人不只因为她的名字。她的散文，缥缈着一股淡淡的忧郁。让人感觉，面对一个壁薄如纸的花瓶，轻呼一口气就能触碎的样子。而且，没有任何人承认，曾经见过她。这样，在她身上，就无端有了一股脱俗的神秘气息。

许多人都想认识她。

这是很有意思的事儿。在网上，似乎所有的真诚都会被打折。我另一个朋友和人聊天，把自己所有真实信息提供出来。对方轻轻一笑，你骗谁啊？

所以，大家禁不住猜测，这个A级恐龙，说不定会是个真正的美女呢。

我也这样认为。

我在那个论坛待了很久，之所以没有离去，就因为我感觉找到一方心灵栖息之地。远离世俗繁华，钩心斗角。其实，网络上的人，有另外一种真诚。大家互不相识，即使虚伪，也是心情轻松的。

我们的相识始于互相跟帖，随后，进入公共的聊天室。一开始，话题纯粹围绕对方作品，慢慢就扩大范围。我不能给你一个错觉，让你觉得接下来会发生一段很无聊的网恋。不会的，你如果接触这个人，会发现她是个理性的女人。她有个八岁的女儿，看得出来，她对女儿充满母亲的自豪和满足。可她从来不提她的丈夫。直到今天，这对我仍是一个谜。我不知道，她是不是独身？

极少，她会表现得非常兴奋，会在语音上唱歌给大家听。邓丽君，蔡琴，她都模仿得很像。那时，我们才觉得这是个真实存在的人。但大多时候，她都表现得很疲惫，聊天的语气很淡，像空中漂浮着的一缕淡淡的花香。

我至今仍然无法原谅自己。是我邀请她参加了那次网友聚会。可我，却由于临时有事没能参加。事后，她在QQ上给我留言，说，没见到你，很遗憾。语气仍淡淡的。

可那次的见面，让一个谜底展示给了大家。所有认识我的人，都给我传递这样一个信息。她的美，或者气质，让每个人怦然心动。包括女人。

可是，一个女人，美貌会给她带来什么呢？许多天以后，我一直在思索这个问题。这样一次见面，实际上直接导致了那个事件的发生。

这个时候，我必须让另外一个女人出现在我的叙述之中。她的名字叫美如昙花。这名字倒十分适合她。她的确不是传统意义上的美女，甚至，还有一点丑陋。但是，由于她在网络中超乎寻常的活跃和激情，使得周围总是团团围绕着许多帅哥。尽管，这些帅哥里面，夹杂着许多只大嘴青蛙。

在网上时间久了，你会发现，这其实是个很微妙的小圈子。许多人已经不再是传统意义上的网友。他们经常聚会。那是非常放松的聚会，放松得彼此不想知道对方生活中的一切。除了一个网名附着下的躯壳，以及躯壳里面大家互相需要的东西，别的可以一概忽略不计。

A级恐龙的出现，让一个以美如昙花为重心的圈子悄然发生了改变。

当她自己意识到这个问题的时候，已经晚了。

那时，围绕着美如昙花旋转的行星几乎全部转移了轨道。A级恐龙成了不折不扣的中心。

有一天，我设想了这样一个连贯的场景。A级恐龙正在和另外几个网友谈笑风生。这时，房间门口突然打开，几个戴墨镜的不速之客，像真正的武林高手悄然逼近。其中，为首的一个甚至笑着说，你不是想成为一只恐龙吗？

他们以极其卑劣的手法成功制造出了一只恐龙。

我的网友A级恐龙的两侧脸上各被匕首划了一个叉号。

A级恐龙留给我的最后信息在QQ上。

她说，网络也是赤裸裸的生活。

之后，她在所有人的视线内消失。自始至终，我都没见过她。我甚至怀疑，在网络中，是否真的出现过这样一个人。

魔法

那个黄昏，他竖起衣领，钻进一家网吧。似乎是心血来潮般，打开久已不用的信箱，却愕然发现有一封刚刚发进来的信！是个网址，后面署名——佳城。他想删掉，沉默一会儿，又改变主意。

点击开那个地址，就看到佳城的话："想继续跟我走吗？"他犹豫片刻，继续点击。这次，他倒吸一口冷气！居然，居然是三年前一个旧帖！看到那个发帖人，他一下子直起身来！

——紫色丁香?!

三年前那个深夜，在另外一座城市里，他窝在网吧，在一个一个聊天室游来荡去。那是第一次遇到紫色丁香。聊了三个多小时，却似乎是一闪而过。天快要亮时，他突然极想见她。于是，试探："我们能见面吗？"没想到，对方说："我已经看见你。"他微笑："真会开玩笑。"紫色丁香说："不信，你读完下面这篇小说。"于是，他看到了安·波特的小说《魔法》。很吸引人。他一边读，一边不明白紫色丁香意思。最后，才恍然大悟。下面有一行字：我就在你旁边。

他迅速扭头，身边哪有人？

但左首那台电脑上，赫然却是他俩聊天记录！

他站起来，跑到门外。

路灯很亮，街上没有一个人！

他记起来啦。那个旧帖，是他们第二次聊天时，紫色丁香发来的。只有一句问话："你相信魔法吗"？这个女人激起他的好奇心。于是，他紧追不舍，想方设法见她，都没成功。又一次，他哀求："我爱上你啦！我们见面吧？"

紫色丁香却突然消失。

现在这帖子，是什么意思？难道，佳城就是紫色丁香？不可能！三年过去，她还能记得他？何况，那段旧事，在千里之外一座城市发生。

他忽然浑身战栗！于是，给佳城回复：“你究竟是谁？”

第二天，佳城回信。依旧是许多个网页地址。打开第一个，登时被吓得毛发直立！是一个女鬼头像，舌头伸得老长。音箱里，传来刀子切割金属似的笑！

第二个则是她和另一女孩的聊天记录。至今，他还对那个女孩记忆犹新。毕竟，那是他第一次历险。终于，他把女孩带回租住地。第三个，是他换掉网名跟另外一个女孩的对话。又一次重温自己的花言巧语。那女孩是他第二个猎物。他依次点开后面的地址，每打开一个，都要战栗一下。到后来，呼吸有些困难。

果然，最后一个，是他最残忍地对待的那个女孩儿。

女孩死了吗？

这些天，他一直问自己这个问题。

他惶恐地站起来，开始环顾四周。左边一个红色披肩发女孩，嘴里吸一支烟，正在看一部美国大片。右边是个学生模样的男孩，双手齐动，嘴里念念有词，正试图把子弹打进敌手的胸膛。前面一排，有个男孩，正在津津有味看一幅裸女图。网吧里，没有人对他感兴趣。

可他再也不敢待下去。他仓皇逃出。

一连几天，遇见网吧，都擦身而过。

可那天下午，他忍不住，还是去了网吧。走进那间屋子，突然想，紫色丁香发给他的小说《魔法》里，那个妓女尼内特，最后，不也是无可奈何回到妓院？难道，那个佳城，真的给他施了魔法？

他低着嗓子告诉管理员，给他开台机器。趁那工夫，他打量一圈四周。为这次行动，他特意打出租车跑到城郊，感觉应该放心。他的手有点颤抖，终于打开信箱。立即怦然心跳！

有一封信！而且，他扫一眼发信时间后，顿时浑身酥软无力！——那封信，刚好在五秒钟前发过来！

他好半天才恢复看邮件的勇气。

是一行字：出网吧门口，左拐，前行五十步，有一家书店。进门，拿起右门口后那排书架最里面那本书，翻至第216页。

他觉得空气压抑，令人窒息！似乎眼前到处都是蛛网。伸出双手，反复拨拉，却无济于事。他站起身，蹒跚一下，慢慢走出门口，开始数自己的步子，一、二、三……不多不少，刚好五十步。他站住，缓缓左转身，猛地抬头！匾额上果然写着两个大字“书屋”。走进去，一步一步，靠近目标。

在那一瞬，他不敢呼吸！

他甚至想到回身就跑。

可他又急切盼望那个谜底。

最后，还是伸手抽出那本书。是旧书，书皮和纸张都泛黄色。——1984年版的《聊斋志异》。卖书的小姑娘在身后悄声说：“先生有眼力。这书我刚摆上。按原价卖，只售三块八毛钱。”

他不做声，咬着嘴唇，翻到第216页。却原来是《姊妹易嫁》篇一个注释：佳城，指墓地。《博物志·异文》记载，汉滕公葬时掘地得石，上书“佳城郁郁，吁嗟滕公居此室。”

看罢，他沉思。

忽然，天旋地转。

小姑娘声音似乎很遥远，却很悠闲：“你怎么了？”倒地的时候，他脑子居然很清醒。目光穿过小姑娘的两只脚，越出门口。马路上嘈嘈杂杂。

他猛地醒过来，站到窗子前，看到对面一个大门口，缓缓开出一辆警车。

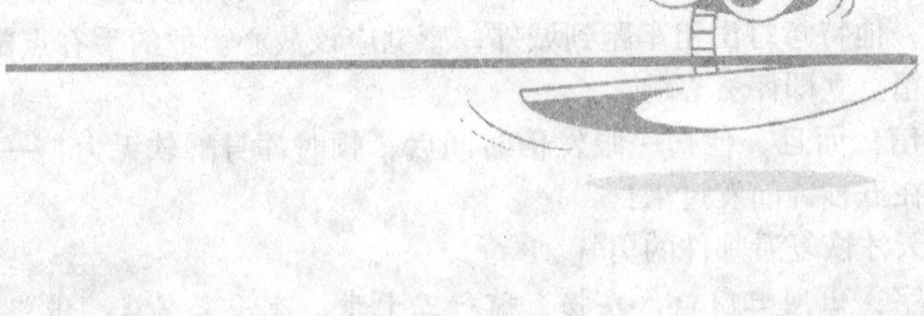

心动

租个儿子过年

看到那则启事，他的眼睛亮了一下。

启事的内容别具一格：“期望一名有爱心有亲情观念的男孩子和我们一道过除夕之夜。”署名是：一对年迈的老人。

他笑了。毫无疑问，那个地方太适合他当前的处境了。于是，他给老人打电话，说明自己的意思。那端的女人显得异常兴奋！他听女人说，老头子，终于有人打电话来了！

按照地址，他敲开了那家的门。是一个在这座边远小城常见的四合小院。迎接他的两位老人比他想象的还要老，头发都花白了，而且步履蹒跚。

他正不知道称呼什么才好，却见女主人眼圈发红，张开双臂，嘴角抽动着说，孩子，你终于回家了！

他觉得什么部位被猛地敲击了一下，眼睛就潮润了。他不由自主就脱口而出：妈，儿子回来了！他一下想起自己的母亲。

于是，一切顺理成章了。他被父母拥着走进屋子。一进屋，那股家的感觉就扑面而来。母亲拍打着他身上的尘土，父亲不动声色地递过一杯红糖水。他开始逐渐进入角色。母亲领着他说，你的房间早就为你收拾好了，一切都是老样子。这边是洗手间，这边是厨房。你先洗一洗。然后，咱一起包水饺。

他洗了一把脸，一边擦着，一边踱进了他的房间。突然视线里出现了一张放大的照片。是一个二十岁左右的男孩。

那是我们的儿子。他一回头，就发现老头站在身后。但老人说过这句，就闭了嘴。

这时，母亲在外面喊起来，洗好了没有，你们爷儿俩在那里磨蹭什么？老头马上换了脸色，笑着说，好了，我们就去。

水饺馅是早调好了的。母亲已在擀皮儿了。擀面杖在她的手下发出欢快的声音。他挽挽袖子，坐下来，开始揉面。以往春节，在家里就是这份情景。父亲的任务是烧水，这是一项轻快活，倒上水，打开炉子，就没事了。于是坐在一边，安静地瞧着娘俩快乐地忙活。母亲开始讲一些琐碎事情了。那些事情，他并不感兴趣，但他知道母亲喜欢，所以就听着，有时他会插问一句，母亲就把手里的活暂放一下，瞧着他，跟他解释。

水饺出锅以前，是要放鞭炮的。

母亲的情绪在这时达到了顶点。她站在屋檐下，看着夜空里烟花缤纷，脸上漾着光芒，指挥着说，咱们也可以点鞭炮了。于是，他点燃了。母亲竟拍着手到院子里来了，而且，在鞭炮声中，孩子般地跳起来！

然后，一起吃水饺，一起看春节晚会，一起说着，笑着。直到母亲累了。母亲说，我真高兴啊！可我是真累了。父亲走过来，说，你得休息一下了。

他在那天晚上睡得非常踏实。连日的疲惫一扫而光了。当新一天的阳光照射进窗口时，他突然醒来，一下子坐起。半天才清楚了发生的事情。

那对老人看上去神情黯然。母亲走过来，给他系系扣子，说，孩子，我知道，无论怎样，我不会取代你母亲在你心中的位置，记着，漂泊在外的时候，常给父母打个电话，抽空儿回家看看他们……

他觉得眼眶一热，看到母亲泪水下来了，于是伸手轻轻地替她擦拭，一边点着头，我知道了。

老头送出来，悄悄地掏出一张钱，说，真的非常感谢你，这是你的报酬，我们拿不出更多的钱来了。

他坚决不肯要。他说，你们已让我明白太多东西了。

老头仍道着谢，是你了了我们一份心愿。你大妈，她实际上，活不了几天了，她得了癌症！她最大的心愿就是陪儿子在除夕夜再吃一顿她包的饺子。可我们的儿子，他，再也吃不到了。

他根本没听清老人后来在说什么，在那一瞬间，他忽然觉得自己变了模样。

辞别了老人，他飞快地奔向电话亭，拨通了自家的电话。话筒里传来老母亲的声音时，他已是泪流满面。母亲一下子叫出了他的名字！母亲没听到他说话，就知道是自己的儿子了！

半天，他哭着说，妈，我想回家！

电话亭里的小姐莫名其妙地瞧着他。

她当然不可能知道，这个打电话的人是一个在逃犯。

让我抱抱你的孩子

母亲到城里来，照看她的孙子。

孙子还不满两周岁，一脱手便跌跌撞撞，做奔跑状。然而，不出几步，就会跌倒。跌倒了，母亲并不去扶，母亲有她自己的处理方式。母亲说，自己跌倒，要自己爬起来。我们姐妹几个，小的时候就一直接受这些理论。但我的儿子，母亲的孙子却并不配合。他哭起来，等奶奶去拉。否则，便趴在地上。

母亲于此非常自信也极有耐心。

于是，祖孙两个，在人行道边上对峙。

就在这时候，那个女人出现。

女人的目的很明确，这从她的视线上就能够看得出来。她是冲我儿子来的。

女人眼窝很深，这样就显得像是睡眠不足。她瘦削的脸上分明地挂着笑，那笑看上去非常灿烂。她老远就张开了手，把我的儿子非常利落地拉起来，那个动作仿佛在一瞬间就完成，甚至，母亲还没来得及去阻拦。

母亲这时注意到了那个女人的手。注意到那双手以后，母亲的脑子里就出现了树枝的模样，她甚至在那树枝上清清晰晰地看到了凸显着的血管。

女人把我的儿子揽在她怀里，腾了另一只手，去拍打他身上沾的土。嘴里说，好孩子，摔疼了吗？

母亲赶紧蹲下去，想把孙子接过来。因为，她看到孙子的眼睛直直地瞧着那女人，小嘴嘟着。做奶奶的想，也许接下来，他就会哭的。他还太小，对陌生人，还不那么认可。

可女人似乎搂得更紧了些，依然笑着，说，我孙子也这么大了，也会跑了，一住也不住，可调皮了。和他爸爸一样，他爸爸小的时候，就爬上爬下的，有一次，把刚长出来的牙都碰掉了一颗。从小到大，浑身上下就没囫囵过。

母亲笑着，应和道，男孩子嘛，不都是顽皮的吗？要老实安稳了，你还以为他病了呢。说着，伸手去抱孙子。女人伸了手，竟小心翼翼去抚摸儿子，母亲有点生气，孙子是我的，你这般亲昵干什么呢？

女人却浑然不觉，继续说她儿子，小时候他也长得这样，胖嘟嘟的，一笑，俩酒窝……女人脸簇成核桃状，移了腮去贴孩子的小脸。

母亲已经将笑收起来。

她看到孙子的嘴撇了一撇。看来，他要哭了。

母亲就伸了手，打算把孙子硬夺过来。

这时候，一个白发的老头儿出现了。他显得很紧张，所以，步子就很零乱。一边蹒跚着，一边喊，你怎么出来了？你怎么出来的？

母亲吃惊地看看他，再看看那个女人。

女人嘿的一声笑了，说，来，你来看，他像不像咱儿子小时候？

老头走过来，笑着，像，真像！

一边说，一边将我儿子抱起来，顺手递给了我母亲。同时，小声说，对不起，没吓着孩子吧？

母亲这时把孙子抱紧了，轻声地和他说着话，抬起头，却发现老头搀着那女人沿路走过去了。

母亲回家，就跟我讲述这件怪异的事。母亲说，那个女人，怕是个疯子吧？我正摘下帽子，解着警服上的扣子，慢慢就顿住。那老人，看上去年纪很大吗？我问。

母亲点点头。

我沉默，一个熟悉的人的影子执拗地出现在眼前。我轻轻地告诉母亲，那个女人的儿子是个瞎子，去年被车撞着，死了，事故刚好是我处理的。

母亲看着我，老半天没说话。

很久以后的一天，母亲在道边上又瞧见了那个女人。母亲赶紧让她的孙子喊奶奶。可是，那一个母亲，似乎浑然不觉，眼直直地瞧着前方，大踏步走过去。

母亲站在那里，瞧着那个背影，眼泪扑簌簌地流下来。

意外

男人听到有人喊，回头，原来是妻子。

男人问:“你来干吗?”女人把答案扔回来:“那你来干吗?”

相对无语。“我知道你会来这里。”女人说，“也许，还能想想别的办法。”男人笑:“去偷?去抢?”女人也笑。男人看着妻子:“你回去吧。”女人说:“反正来了，我也抽一点。”男人吼:“叫你回你就回！嘁！就你这身板儿?”女人很委屈:“一次两次死不了人的！”“你说这叫什么事儿?”男人愤愤不平。女人温柔地喊了男人的名字:“我知道你啥意思。可这不都是为了闺女吗?”“总不能她要天上的星，你也去摘一颗?”“她不是还没要那个吗?”女人嗔男人一眼。

男人转身进屋，女人站到窗子外，隔着玻璃，看着男人挽起袖子，将胳膊伸进一个窗口。里面有一只手捏着根针管，扎进男人的胳膊。一根塑料管里的颜色一会儿就深了。女人扭回头，看院子里的树呀，草呀，还有花儿。

男人捏着几张钱走出来。女人什么话也没说，往里走。男人看她背影一眼，蹲下，摸出烟来抽。不一会儿，女人出来，手里也捏着几张钱。男人把钱递过去，两份钱加在一起，攥在女人手心。

到大门口，男人说:“你坐车走，我溜达回去。”

女人回答:“走走吧，又不远。”

路其实挺远，得穿越好几条街道。在一条街上，女人差点被车撞到。她站在路中间，不知所措。司机摇下玻璃，恶狠狠地骂。男人奔回来，抓着女人的手，让车过去，才一起走。

他们进了一栋楼房。开门。男人先去找水喝。女人径直走进一个房间。

床上躺着一个女孩，正在看书。四面墙上，贴满一个歌星的图片。女孩鱼跃而起：“妈，你们去哪儿了？都快饿死了。”女人满脸笑：“我这就去做饭。”说罢，从兜里掏出那叠钞票：“你说那门票得多少钱？”

女孩“哇噻”一声，跑过来，冲女人脸上就亲一口。随后，说出个数字。女人数一数那叠钞票，似乎还剩一张。她犹豫一下，一并折叠起来，塞到女孩手里。女孩看女人出了屋，跑到墙边，给图片上那张灿烂微笑的脸一个吻。

女孩匆匆吃几口饭，出了门。一到马路边，挥手拦下辆出租车。她房间里到处贴满的那个歌星要在体育场举办个人演唱会。可是，票已经卖完。女孩在一部公用电话旁拨打了好几个电话，获得一个让她兴奋的消息，可以弄到票，不过，价格会高一点。女孩最后一个电话拨给家里，告诉爸爸妈妈，她不回去吃晚饭。

接下来的几个小时，女孩就站在体育场门口。其间，她拥有了一张票，一根荧光棒，还有一束花捧在怀里。终于，检票入场。女孩跟许多差不多年龄的男孩女孩蜂拥而入。她的位置并不是特别好，离舞台有好远一段距离。中间有条走廊，可以直通舞台。

歌星出现了，全场沸腾。口哨声、欢呼声，此起彼伏。女孩的声音夹杂其中。她大声喊：“我爱你！”歌星的头发一半红，一半蓝，下身是条筒裙。音乐声起，那头花花绿绿的长发飘扬起来。这是歌星的主打歌，所有人显然都很熟悉，他们一起大声唱，向一个方向挥手，歌星不时把话筒指向观众。

后来，媒体大篇幅报道了那个意外事件。

在演唱会快要结束的时候，那歌星居然真的提着裙角沿着那条走廊跑下舞台。女孩看上去呼吸急促。她几次想跑上台献花，都被保安拦住。此时，歌星离她越来越近。她耳边的声音已经变成呼啸。估计她听不到这些声音，她的眼睛闪闪发亮，她开始向歌星身边靠拢，好多人捧着花围上去。

就在她离歌星差不多有两米远的时候，场面变得无法控制！

歌星身边出现了几名保安，几个戴墨镜的人。他们要把歌星劫持回舞台。可人越挤越多，根本无法挪动。女孩夹杂其中，双脚时而触地，时而悬空。那束花一开始还举在手上，一忽儿不见了。一个戴墨镜的先生伸手推了她一把，很准确地推到她的胸部！

女孩倒在了人群中！

现场的声音嘈杂无比，能听到有女孩子的哭泣声、尖叫声。在一条条慌乱移动的腿之间，有几张恐惧的脸。她们在喊着什么，没人听到。无数只脚踩在倒下的人背上、胳膊上、头上……

男人和女人拼命往医院跑！

他们的脚步声在医院门厅、走廊冲来撞去。

这是第二天早上的事儿。他们挨个病房寻找女儿。最后，找到了。一个医生立刻抓住男人的手:“你们来就好了，她需要马上输血！”

话音还没落，男人已经挽起了袖子。

勇气

我对妻子说，我去买馒头。

实际上，是想出去走一走，抽支烟，泄泄闷儿。

我在家，已经窝了整整一周。

楼下小花园，几个孩子跑来，跑去。笑着，跳着。快乐属于童年呵！不属于我们成年人。——至少，此时不属于我。一辆摩托擦我身边而过，然后停住，骑车的靓仔掀起头盔面罩，居然还有一重墨镜，再脱下墨镜，撞到生气的眼睛。

我冲他一咧嘴。确实没听到他鸣笛。

门口居然有卖馒头的，我怎么不知道呢？

一男，一女，都很年轻，有发型及其色泽为证。一个额前一绺褐色，一个满头浅红。这俩，绝对是卖馒头的新手。走近再瞧，估计李逵也不敢盘问其馒头价格。但见女的手腕一道疤痕，似是匕首所致，两边的针线缝痕，密密麻麻。我嘴唇抖动着，再打量那位爷。居然一眼穿过领口，窥视到胸口文身，嚯！一只飞鹰的尖嘴巴！据目测距离，那鹰眼睛，定是他一枚乳头无疑。

我立住，狠吸一口烟。问自己，你有没有勇气买他们的馒头？那两位也盯着我看。尤其，那男的，目光并不凶狠。我掐灭烟头，用右脚碾灭，开始挪步上前。

女的挤出微笑：“大叔，您买馒头？”

我知道自己目前很像大叔，都四五天没刮胡子了。

“多，多少钱一个？”我问。

“您，就买一个？”男的开口说话，声音很细，很柔。

"买俩也行。"我被他逗乐。同时，发现这两位脸上的肌肉，也松弛不少。

终于顺利地用右手小拇指勾着俩馒头往回返。身后，有笑声传过来。一回头，看到他俩互相击一下手掌。

第二天，继续去买。因为，那馒头蒸得的确不错，能清晰吃出手工味道。还是他俩，但气氛缓和不少。男的挠挠头，女的甚至开玩笑："大哥，昨天把你喊大了。"我回答："昨天，刮胡刀缺电。"

再后来，这俩卖馒头的，就成了风景。俩人都开始咋呼，见谁都笑。

又一天去，俩人居然在下象棋！男的左手握一叠棋子，嘴里念念有词："刘德华跳下去了，张曼玉也跳了，你倒是跳啊！"

我差点晕倒。

俩人扭头见我，都不好意思地站起来。

男的突然提议："大哥，咱俩杀一盘？"

我挽挽袖子，转过去。在公司，我拿过象棋银牌。只可惜，公司破产前两年，象棋比赛就给取消。我还怕他一个毛头小伙不成？下着棋，我就说："你俩，不像干这的。"

俩人相视一笑。男的想想，说："大哥，得感谢你！你是第一个买我们馒头的。你让我们有了信心。"

"哦？"我抬头看他，"你俩可把我吓得够呛。"

女的哈哈大笑。

接下来掌握的资料，让我更佩服自己。——小伙居然刚刚刑满释放！进去之前，那绝对是条"汉子"，打遍方圆胡同旮旯无敌手。姑娘与他自小郎骑竹马，妹噙青梅，一门心思拖他走人间正道。孰料他毫不领情。但姑娘认定了水滴石穿。他去蹦迪，她紧随其后；他进网吧，她缠绕其左；他醉酒到天亮，仰天大号"天凉好个秋！"，她架他一根胳膊，也喊"爽！"。

结果，有一天不爽。

仇家寻来。俩男将扭打在一起。对手逐渐不是对手，一下子摔断一个酒瓶，劈小伙子脸就划下来！姑娘嗷地一声冲去……就留下那道疤！

对手呆住！谁能想到，一个小丫头有此举动？

小伙眼看着姑娘手臂血流渗出，大吼一声，飞起一脚，踹断那人三条肋骨！——这一脚也把自己踹进监狱！

小伙抱着姑娘直奔医院。姑娘搂着他脖子问："你可知道我的心思啦？"小伙子一边点头，一边哭，一边奔跑……

"出来以后，我就跟丫头结了婚。想找份工作，可没人敢要我。实际上，这馒头是我父母蒸的，他们都干大半辈子了。可让我出来卖馒头？还不如赏我把刀子，自行了断！丫头为了鼓励我，把超市的工作给辞掉。就遇到你那天，我俩第一次上岗。"

"你不知道，下了多大决心。"女的插嘴。

"我在屋里，转了整整一下午。然后，丫头硬拖我出来。我俩把馒头架上车。老父亲一句话不说，就在我肩膀上一拍。这一拍，我就觉得脚底下有劲儿了。迈出门槛的那一瞬，我的眼泪夺眶而出，你信不信?"

我连连点头:"信，我信!"

第二天，我收拾得干净利索，准备出门。妻子从头到尾注视着我，在我出门那一瞬，她问:"你干吗去?"我回过头:"找工作。"妻子眼里瞬时有泪。我扳过她肩膀:"没什么大不了的，不就下岗吗?"

梯子

那个牌子该擦擦了。妻子裹着一身雪花进来了。一边跺脚，一边说。

我没搭腔，手指下的计算器继续发出欢快的声音。

没见过你这么拖拉的。妻子开始絮叨。眼看就要过年了你看。

我说行啊行啊，我马上就擦。

算了吧你。妻子说，上街上找个民工来吧。

我抬头看了看门口上方的广告牌。的确是太高了。而且，天又这么冷。

妻子说要不叫那卖馄饨的两口子来吧。一百块钱，肯定给你擦得干干净净。

妻子说的是夜里在街角卖馄饨的那两个乡下人。她去喝过几次馄饨，就把他们的底细摸了个透彻。俩人是刚进城的。在乡下欠了一屁股的债。趁了年底农活不忙，出来打算捞点钱花。男的白天干苦力，夜里帮着女的在街上摆摊。白天他们不敢出来。城管查得紧。

第二天早上，那一男一女就来了。男的戴着青色帽子，帽檐向上挑着。两只手龟裂得像是老树皮。女的用一块红围巾包着头,只露了两只眼睛，一闪一闪。好像不太爱说话。

妻子说，你看看，就那牌子，擦干净它。一百块。行吗?

男的眼睛里有丝亮光闪过。行！保证给您擦干净。

于是，站在那里抬头打量。你家有梯子吗?

有啊。妻子应着。

于是，那男的去搬出梯子来。

女的这时候小声说，我上去吧。你这几天手都裂了。男的说，没事，你甭管。男的就一级一级往上爬。女的在下面两只手紧紧扶着梯子。眼睛却一刻也没有离开那男的。男的终于到了最顶上，小心翼翼地直起腰来。女人说，站稳了啊你。男的嗯了一声。就伸长手去擦。却发现，有的地方根本够不着。于是，慢慢退下来。问，还有更高一点儿的梯子吗？

我摇摇头。

那怎么办？男的抓抓头皮。在屋子里转了一圈。男的转的时候，女的一会儿看他，一会儿抬头看那块牌子。突然小声说，要不你抱了我上去。我又不很沉。男的就笑了，开玩笑，那怎么擦？

我和妻子也笑了。

可是，没有梯子，这活就干不成。

男的最后突然急切地说，老板，你千万别去找别人。我明天一定找架梯子来，给你把这活干了。妻子朝我这方向看一眼，点头，行啊，可你明天一定得来。这眼看就过年了。

于是，那两口子走了。

第二天一大早，他们就来了。一前一后，抬着一架梯子。

活儿干得很仔细，那男的干完的时候，脸上竟冒出了汗。下了梯子，还抬头打量着。问，您看这咋样？要不行我再来一遍。我揣了手走出门，在寒风里仰起头看。那招牌被擦拭一新，显得很精神。我点点头。嗯，不错。就这样吧。

那女的接过妻子递过去的那张钞票，折叠起来，放进一个四四方方的手绢里。然后，一层一层包严实了，这才塞进贴身兜里。两个人一前一后，抬着梯子，重又走回了凛冽的风中。

当天晚上，我和妻子关上店门的时候，天已经很晚了。

妻子说，去喝碗馄饨吧？

我点点头。

可是，我们没有发现那对夫妻忙碌的身影。街头空空如也。

又过了一天，我正在忙着对账。妻子走进来。突然神秘地对我说，你知道吗？昨晚上那卖馄饨的又出来摆摊了。我哧地一笑，这有啥大惊小怪的？

可那男的不在。你知道为什么吗？

我抬起头来。

知道那架梯子是哪里来的吗？原来，那天晚上，那男的到一个工地上偷着拿来的。他们刚从咱这里回去，就被人堵住。人家还叫了派出所的人。结果，罚款啦，整整五百！可笑的是，那男的一直说，他只是想借用一下，马上就给人家送回去。你说这人傻不傻？

嗯，是有点傻。我低了头，继续摁着计算器。

这种破事，和我们有啥关系呢？

等待

一对农民夫妻，到市里去。

农民夫妻进市区，有很重要的事情要做，看看上大学的儿子，究竟在一个什么地方读书。进城，于他们来说，是奢侈的。正如有些城里人，想到乡下，晒晒太阳，吃绿色食品。同时，这也需要胆量，城里楼高，人多，车比村里的狗行走得还要杂乱无章。危险得很。

忙完那重要的事，打算回乡下，夫妻俩开始盘算，从市里直达，花十一块钱，但到中间小城转一下，要花十块。俩人思想很统一，转车，省一分是一分。

事情发生在中间站。

他们到了那里，却找不到回家的车停在哪里。

男人在关键时刻总是男人。

男人说，我去找，你站在这里，别动。

男人指着一个广告牌。

女人点点头。女人有点晕车，有吐的感觉。即便不晕车，女人也完不成那任务。女人调向，分不清东西南北。于是，女人在广告牌前坐下。

那时候，她心里还是坦然的。

可是，女人感觉过了很久，男人还没回来。女人急了，站起来，拍打一下屁股上的尘土，朝着男人走的方向看。

没有那个熟悉的影子。

女人开始骂，骂不中用的男人，连这点事情也办不妥，找到找不到，总回来放个屁吧？难道说，他抽空找个馆子，喝酒去了？在家就喜欢这一口，干一天活，饭可以先不吃，酒必须得有。女人想，他要是红着脸回来，说什么也得吐他一脸，也不看看，什么时候，什么地方？

天说黑就黑下来了。

女人不骂了。女人开始哭，开始转圈。

有好多车从身边走过，其中一辆，还真是回家的车，卖票的她看着眼熟。但是，男人没回来，她不敢走。男人说，别动。她要是动了，男人回来，就找不到他了。

女人开始打听路上的行人，你们有没有看见一个农村男人在前头啊？

行人有的会瞧她一眼，走开，有的，根本不瞧她，以为她是要钱的。

男人此时躺在这个城市的医院里。

男人昏迷不醒。

就在四个小时前，男人正在路上，四处搜看往自己家走的客车，一不小心，被迎面而来的一辆出租车撞倒。男人躺在地上，血从脑壳上流下来。

那个地点，离坐在广告牌附近的女人，也就不过五百米左右。女人头晕，根本没抬头。即使抬头，她也不会注意。男人当场昏迷，随即而来的救护车上的护士，也不可能知道，这个男人的女人，距这里，其实很近很近。

男人被送进医院。

男人睁开眼睛的时候，觉得自己像是在梦中。有人在问他的家庭住址，男人费了好大劲，才从脑子里搜索出儿子的地址。接着，又晕过去。再次醒过来，发现儿子坐在病床前。

儿子哭得泪眼蒙眬。

儿子看到他醒来，惊喜地跳起来。然后儿子着急地问，我妈呢？

男人又开始回想事情经过，对了，女人呢？出那事之前，是把她放在哪里了呢？男人比划了很久，儿子以及周围的人，还是猜不出他说的是什么地方。最后，男人终于说，我想起来啦，那路边，竖着一个大牌子，上面有个穿着皮衣的漂亮娘们。

儿子开始满大街地找母亲。

他沿着从市里过来的车的行走路线，在一个又一个广告牌底下找。

终于，儿子看到了母亲！

女人真在那个广告牌底下躺着，她已经站不起来。她快要饿晕了。但她脑子里，一直坚持着，男人说让她在这里等，不管等到什么时候，也要等。哪怕只离开一会儿，男人也有可能回来。

所以，她就在那里等。一直等了三天三夜。

母子俩

车祸！

母亲肯定眼睁睁看着另一辆车从一侧直撞过来！

因为，母亲做了一个天下所有母亲在那一瞬都要做的动作，——她把自己的身体弓起来，形成一个半圆。那弧心里，是她一周岁的儿子。

她用自己的身体，来遮挡儿子根本不能意识到的危险。

撞击声。客车翻倒。车里的人成了饺子馅儿！

救护人员撬开了车门，把一个个活着的，或实际上已经死去的人，掏出来。

他们在掰开母亲的双手时，很费了一番气力。母亲已经昏迷不醒，但她的手却紧紧搂抱着儿子。婴儿的眼睛是瞪着的，那双眼睛奇大，眼珠儿漆黑。在打量每一个陌生人，似乎在问，这究竟发生了什么事？

就近的一个女护士呆愣了一下，眼里，有了泪花儿。

母亲的危险，是一眼就能看出的。经过检查，医生发现，在她的腹腔内，有大量淤血。她像是睡着了，几乎没有呼吸地睡着。整整一天。婴儿被放置在她的身边。一开始，那孩子并没有哭，甚至还很坦然地睡。脚步飞快的医护人员，也似乎忽略了这个小家伙的存在。

他是以一声啼哭证明他的存在的。

那声哭，夹杂着无限的委屈。

可是，大家依然没有太关注他。——需要抢救的人太多。

婴儿的声音愈来愈高。他的嘴巴张得很大，很圆。两只小手紧攥着，四下挥舞。小脚蹬踏着，很有节奏和力度。差不多整座医院里，都回响着这个婴儿的啼哭。岂止整座医院，似乎这座城市的上空，都盘旋起那尖锐凄厉的哭声。

首先，一个小护士伸出手，将他抱起。接着，他在一个又一个怀抱里，被轻轻地摇着。有医护人员，有病人，有前来探望病人的家属。每个人都想尽各种招数。有的唱歌，有的低声细语，有的脸上做出各种逗他笑的表情。甚至，有个女人猜想他许是饿了，想喂他奶吃。

结果，没有一种办法奏效。

他哭得酣畅淋漓。而且，感觉他的喉管随时都会崩裂。

母亲苍白着脸，紧闭着双眼，鼻孔里插着输氧管，吊瓶里的液体，一滴，一滴下落，沿着透明的管子，输进她的血液。但主治医生已经断言，就她的伤情，根本不会再睁开眼睛。

哭声愈来愈烈。

先是一个护士惊讶地叫起来，她醒啦！

就近的人，都去看那个母亲。

母亲眼睛依然闭着，整个身体一动不动。

但是，母亲的眼角有泪珠滚下来！眼角周围的肌肉，索索地动了几下。

护士把孩子轻轻放到母亲身上。孩子的哭声开始减弱。孩子在寻找母亲的乳头。他终是找到了，含在嘴里，吸着。孩子的哭，戛然而止。停得有些突然，有点出人意料，停得四周突然一派寂静。

母亲的眼泪也止住。母亲的嘴角悄然动了一下。

车祸发生后的第三天早上，母亲奇迹般地醒过来！

她开始以微弱的声音讲话。

医生试图从她嘴里获悉一些她家人的情况。那个母亲断断续续告诉医生，孩子已经没有了爸爸。她丈夫在一年前，去建筑工地打工，不慎跌落下来，摔死了。

房间里，几乎所有人都悄无声息地呆了一会儿。

那个一周岁的婴儿，此时，心满意足地躺在妈妈身边，大眼睛骨碌碌地转着，似乎对那个吊瓶产生浓厚兴趣。小家伙突然伸出手，向那个吊瓶抓去。尽管，心目中那个玩具距他很遥远。

但他笑了。很开心地笑着。

（注：故事是真实的。媒体有报道。那是一辆从昆明驶往泸州的卧铺车。车祸中，15人死亡，19人受伤。）

打人不对

一开始，我扮演了一个旁观者的角色。我在观察父亲如何收场。四周岁的儿子一航开始运用智慧同他爷爷对抗。一航说，我就是不去！他说不去的地方，是幼儿园。

父亲眉毛一拧，为啥不去？

因为，儿子持续着他的坚决，我不想去！

这是理由吗？

我的理由就是，不想去，我已经说过了。

这样的对话持续半个多小时。我发现，父亲逐渐对他的孙子束手无策。

父亲一直是家里的权威。从记事起，我就意识到，母亲对他从来都是言听计从。母亲声音本来就小，在父亲跟前更像一只蚊子。总是听到父亲吆喝，孝他娘，给我倒洗脚水来！孝是我的小名儿。于是，母亲不做声，悄悄过去，肩上搭着毛巾，左手提着暖瓶，右手抄着空脸盆，蹲下身来，先倒热水，再加凉水，加罢了，还问，他爹，你试试？有时，父亲会拿着一张旧报纸，一边看一边虚张声势地喊，想烫死我？母亲就笑。母亲说，再喊，再喊我不伺候你了。但下次，依旧是这么一个过程。至于我们，我，以及两个姐姐，一个弟弟，则整天生活在父亲呵斥之下。我和弟弟的屁股是没少挨过巴掌的。而且，那力度很大。啪！五道红印。

此时，我坐山观虎斗。我认为父亲无论如何不可能对一航下手。毕竟，那是他孙子。孙子是爷爷能打的吗？

但很快我从父亲的眼神中感觉到我分析错了。我瞅见父亲右手五根手指像小鸟翅膀一样忽闪了一下。这个暗示性动作，我刻骨铭心。以至于现在我给父亲委婉地提建议时，还一直端详着他的手指。

父亲的右手迅速扬起来，切断了我的视线。我下意识地闭上眼睛。一声脆响，把我的心脏揪起，又摔到地上。还没睁开眼，就听到父亲的呵斥，你去不去？

小家伙显然低估了爷爷的实力。泪珠在他眼眶里打了两个来回，终于掉出来。我顺着一个轻微的喘息声一扭头，妻子站在门口，咬起下嘴唇来。

一航乖乖地跟着我和妻子走向幼儿园。

路上，妻子说，他，他爷爷怎么真打孩子啊？

我勾着头，一脚把一块小石子踢得老远。

又走了一百米左右，妻子开始教儿子，爷爷要是再对你动手，你就跟他讲，打人不对，是犯法的，违反治安管理处罚条例。我无话。

后来，我仔细捉摸一下，妻子这番话，并没沿着预期轨道起作用。一航显然因这番话而不去反思他的错误。相反，我发现小家伙急于试验这武器的心情太迫切。他开始蓄意挑起与爷爷的战争。果然，仅过三天，爷孙俩冲突又起。

我依然冷眼观瞧，并随时准备着冲去把儿子抢走。我心想，不能再在儿子屁股上看到红手印了。就在老头子手指忽闪一下后，儿子口齿伶俐地复述了他妈妈教的话。

父亲的手指没再动。

我慢慢地沿着那条路线往上看。父亲的手臂有点哆嗦。父亲的胡子抖索起来。父亲眼睛里那团霸道的火焰逐渐消失。

那一瞬，我居然感到莫名其妙的兴奋。我终于明白，向父亲挑战的想法，或者反抗的意识，已在我心底埋藏近三十年。现在，我儿子把这想法变成了现实。

儿子锲而不舍，追加一句，你凭什么打我？

我的兴奋仅是昙花一现。儿子的话显然给了父亲沉重的打击。父亲转身时，我看到他的腰在短短数秒内弯成一张弓。父亲踉跄着走向他的卧室。在门口，身子一晃，撞到门框上。

我把目光移回来，去看儿子。儿子脸上的笑，表明他对这结果还算满意。妻子此时举着遥控器，对着电视，一口气摁了八九个频道。她还长长地舒了口气。

我父亲，一航的爷爷躺在床上，一连三天都没出来。第四天，当医生的徐伯从屋里走出来，对着我和弟弟吼，还不赶紧送医院？

事情的严重性就一下子升级了。

我和弟弟手忙脚乱抬父亲去看病。父亲一语不发，或者，根本说不出话来。我扶他胳膊的时候，父亲挪过另一只手，攒了力气把我的手拨拉到一边。父亲以这个动作表示他对我的怨恨，或者，失望。我不敢再去扶他。于是，默默地跟在后面。

一切安排停当。空荡荡的病房走廊内，我和母亲对视良久。有风吹来，母亲鬓角的一绺白发摆好了飞舞的姿态。最后，母亲说，孝啊，一航是小孩子，不懂事，难道你也不懂事？

这句话陪伴我整整一路。推开门的时候，一辆电动小汽车直冲我奔来。一航站在沙发后面，举着遥控器，一边摁，一边呵呵大笑。我站在门口。好半天，才说，一航，你过来！

于是，我的儿子走近我。他站到我的面前，停住，举着头，脸上的笑容慢慢地消失了。然后，怯怯地叫了一声，爸爸……

我的右手五根手指悄然动了一下……

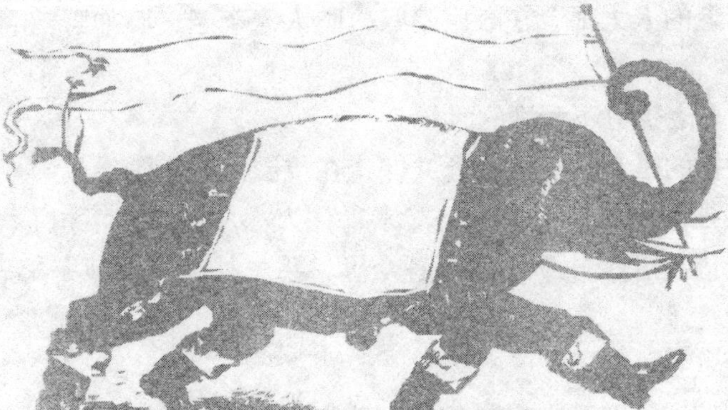

怦然心动

教授姓李，然而大家并不喊他李教授，都叫李老。教授听得舒服，就笑，一笑，满脸核桃纹幸福地绽放。不笑时，李老亦显得精气颇足，面色红润，与满头白发相映成趣。

李老学问深，胸襟也自宽阔。对工作一丝不苟，却并不追逐蝇头小利，该得的，不该得的，都不去争。生活有规律得出奇，每日清晨必会早起，左手握微型收音机，右手转动两颗亮极的钢珠，于校园东南角那挂古藤架下，漫步。

认识李老的人大都会在心底暗叹，瞧人家李老，心如野鹤啊，多自在，多潇洒。

然而，李老也有不潇洒的时候。

李老讲授的是哲学。多上公共课，在校园东北角阶梯教室。李老讲课，语气抑扬顿挫，内容旁征博引，能拿得住人。所以，并不担心学生会听得枯燥。李老进门，也并不去管听者众寡，将书往桌上啪地一掷，只管讲开了去。

有次，却不同了。

李老刚一进门，就觉得异样，却难以辨明缘由。那掷书动作便拘谨了许多。不由自主四下打量。一瞧之下，怦然心动！

李老不禁眉头微蹙，觉得自己的心态实在是不老实。怎么能够这样呢？多大年纪了你？他问自己。

原来，首排座正中坐了一个姑娘。姑娘梳一根长辫子。辫子从后面软软转来，油黑簇亮，摆在桌上。姑娘的脸被那团黑围着，尤显白嫩。睫毛长长，忽闪一动，便让人的心也随了它怦怦动。

李老恍然觉得姑娘似曾相识，而且，是骨子里的那种深刻。

那肯定是李老最不成功的一课。

下课后，走在路上，李老甚至伸了手去额角拭汗。回到办公室，同屋小王见他，端详片刻，方问，李老您这是怎么了？

后来想起小王问话，李老兀自苦笑，是啊，这是怎么了？怎么会对一个跟孙女差不多年龄的姑娘想入非非？脑子里既然冒出这个词，李老就觉得自己很龌龊，很不健康。但又无法控制自己，那大辫子、眼睛，就老在眼前晃。

显然，这很痛苦。

但还不是最痛苦时。

那天，李老走进办公大楼时，天色尚早。楼内几乎无人。李老心若止水走进电梯，一脚进去。刚回转身，就听到急促脚步声，伴随着一声喊，稍等会儿！李老一回首，那根大辫子便上下跳跃着奔进李老的视线。

李老呆若木鸡！

大辫子冲他笑，很灿烂：这么早啊，李老。

他唔一声，目光却游游离离，不知去处。电梯门关闭，里面静得让人心慌。电梯开始丝丝拉拉上升，李老的内心深处也有股冲动像麦穗一般升腾。李老目光现在已经凝固在那张脸上，准确地说，是在那两片莹润的唇上。那种神秘的诱惑像小猫的爪子一下抓痛了李老的记忆。姑娘的眼睛在那一瞬突然与他对视。他读到一丝惶惑，伴随着那丝惶惑的是姑娘嘴角微微一翘。那一翘在李老眼里似乎是一种鼓励。他意识到会不可避免陷进一个尴尬氛围。可接下来，李老却做了一个他自己也预料不到的动作。他悄悄走过去，将那根大辫子悄然搭到自己肩上，头却毫不犹豫低下去，记忆深处的那个吻便如约而至。

电梯停了。门缓缓开启。

李老醒悟过来，迅速跳离姑娘。只看到姑娘嘴角仍旧莫名其妙地翘了一下，眼睛却直直地盯他。他不敢再停留，急急地逃。

最痛苦的时刻，终于在深夜如约而至。

李老已经在内心反复追问自己这一举动的原因以及后果。他无法解释，自己是冲动还是圆很久以前的梦。但接下来，自己会声名狼藉。他已看到自己提着一个大箱子，走在空无一人的人行道上，秋叶哗哗啦啦打落在他的身上。他只有灰溜溜地离开。

为什么会这样呢？我真的是吻了她吗？她，心里会怎么想呢？

李老拿手揪着自己的白发，狠劲抽烟。

次日凌晨，有人看见李老眼睛红红出现在校园，低着头，像是找寻失物。

课是下午上，小王见他状态不对，要替他讲。他转念一想，婉拒了。

该来的迟早都要来。他对自己说。

李老走进教室，头依旧低着，把书缓缓地摆在桌面上，预备迎接预料中的学生发难。可是，等了良久，并没有感觉和往常有什么不同。

他犹豫一下，终于抬起头。

看到那个姑娘端端正正坐在那里，脸上，挂着微笑。

几天过后，一切都风平浪静。

李老的心态出奇地恢复了宁静。现在，每次见到姑娘，内心已不再起一丝波澜。后来，他知道，姑娘叫雅。一天，他在课堂上问，雅，你能起来回答我一个问题吗？雅立起身，笑，李教授，当然可以。

于是，他问，她答。

答完了。他看着她的眼睛，说，谢谢！

年关

A 兮兮

兮兮是主人花八千八百八十块钱买回的一只小狗。

兮兮病了。

兮兮病得可真不是时候，病在了年关。新年的气氛开始笼罩这座城市，兮兮却病了。男主人显然急坏了，男主人太喜欢这条狗了，命根子似的。当然，男主人的太太更喜欢她。夫妻俩想尽办法，甚至，还在网上钻来钻去寻找治疗的资料，并自作主张给兮兮开了一些药。但兮兮很不配合，她不明白夫妻俩的苦衷，也不知道良药苦口利于病的道理。所以，俩人忙活好一阵子，兮兮还是恹恹奄奄的，一副病态。

夫妻俩真着急啊！

他们想起省城有一家宠物医院。

为了不让兮兮受凉，太太还专门去购买了一件羽绒马甲。兮兮穿上以后，就很有贵族气息。兮兮和她的主人就进了省城。省城当然年味儿也很足，虽说兮兮还从没到过省城，但她这次显然没心情欣赏风景。医生给兮兮做了深入细致的检查，最后的结论是，她患了流行性感冒，需要打一针。那根细小的针管扎进兮兮身体的时候，男主人觉得像是扎在自己身上。男主人很心疼，真的很心疼。

回到家里，两口子又对兮兮的起居饮食进行了调整，细化。妻子果断地建议该给她添一份鲜牛奶。男主人自然也很赞成，而且，男主人坚持每天早上自己动手给兮兮煮奶。夫妻俩的努力总算没有白费，兮兮的精神状态好起来。

新年到来，兮兮已经彻底痊愈。

兮兮的新年食谱也非常丰盛，蔬菜、肉、蛋、奶，搭配得非常合理。兮兮当然就非常高兴。除夕晚上，兮兮一瞥头，瞧见了窗外五光十色的烟花腾空而起，兮兮就奔到了窗子边，瞧着窗外，兴奋地叫了一声，旺！

B 老太

老太觉得越老越没出息了。

人老了，就像一台机器超过了使用期，浑身零件都不行了。老太刚进腊月就觉得身体不适，可她咬牙坚持着。她可不想给儿子添麻烦。但身体是不给她做主了，过了小年，她就躺倒了！是真真正正感冒。

老太着急了。老太想，年货还没去买呢，就这么躺倒，可怎么办？

老太想，要是儿子儿媳回来过年，家里连点儿肉都没买，那可就太说不过去了。

老太一着急，病没减轻，倒像更重。老太其实连药铺都不能去了，即使能去，老太也不会去的。到了年底，手里的花销好像就大起来，要买的东西实在太多，得买点蔬菜、肉吧？还有鞭炮，说什么也要买一挂一百响的。还有年历，要买一本，看看明年几龙治水。香、纸也不能少，到了年底，各路神仙都是要敬的。

老太一算计，吓了自己一跳。然后，自言自语，要是买了药，拿什么去买这些呢？

老太依然与疾病做着斗争。她知道多喝开水是管用的。于是，就不住地喝，但喝来喝去，病情却不见好转。直到年前最后一个小集过去，老太仍没起来床，老太没了办法，只好让邻居给捎带着买了点年货，就等着儿子回来。

可儿子托人捎来信，他太忙了，不回老家过年。

老太很失望。

但失望过后，也觉得有点欣慰。儿子是在外面闯荡的，人人都夸的，有自己忙的事，不回来就不回来吧。

除夕的晚上，老太挣扎着起了床。老太开始自己包水饺，包完了，屋子外边的鞭炮声也就噼里啪啦地响起来。老太扶着门框向外看着，心里想，还好，还有点余钱，年后小孙子来了，可以支压岁钱。少是少点，可也是奶奶的一份心嘛！

老太想着，就笑了。

C 卫彪

卫彪是兮兮的男主人。
卫彪是老太的儿子。
卫彪觉得这年过得还不错。

教师节

罗红卫老师今年五十二岁。岁数是大了点，但并不妨碍和学生沟通。他拍着男孩子的肩膀说，嗨，小伙子，咱们来谈谈足球。和女生他会说，你觉得林心如和小燕子赵薇比较，谁的眼睛大。

当然，他的课学生就愿听。赢得学生的尊重也就不足为怪。

教师节说来就来。每到这一天，学生们就想给他贺一下，可是，一连几年的这一天，都见不到他的影。他一大早就出去，直到很晚才回来，连校内的庆祝晚会都不参加。

学生们都觉着奇怪。

有人提议，跟着罗老师看看，他到底去哪里。

罗红卫老师的西服熨烫得十分笔挺，头发丝丝后抹，脸上的胡子刮得光光净净。在这样的节日穿这一身很合适。

罗红卫老师步行出了校园。

罗红卫老师走在教师节那天熙熙攘攘的大街上。

罗红卫老师进了一个鲜花店。

鲜花店？他进鲜花店干什么？学生们开始嘀咕，罗老师是不是要买鲜花送情人的？相视一笑，都面上红红的。怎么可以这样说老师呢？那还跟不跟？跟呀，你们有谁见过罗老师的爱人吗？没有。正说着，罗红卫老师出来了。

罗红卫老师脸上手上各多了一件东西，脸上，是一副墨镜，手上是一束花。

学生们就愣住了，半天，方说，酷啊！真酷！

罗红卫老师坐上出租车。

学生们相视一眼，稍停顿，然后很果断，摆住另一辆。师傅，盯住前面那辆车！说完了，嘿嘿地乐。

车子出了城区。车子跑在教师节那天郊外的小道上。车子停下来。罗红卫老师从车里走下来。罗红卫老师仰头看了一眼教师节那天的太阳。太阳很温柔地照着。罗红卫老师踩着很温柔的太阳光走进一方天地。

学生们走近了，心里都是咯噔一声！

那是这座城市的公墓！

学生们立在那里不知该不该进，但后来还是决定要弄个水落石出。学生们就悄然跟在罗红卫老师的身后。罗老师浑然不觉，罗老师是近视。何况，他现在正沉浸在自己的思想里。

罗老师终于在一块墓碑前停住了。

教师节那天的太阳蓦地一下并不温柔了，学生们心底里有股潮潮湿湿的东西开始像麦穗似地生长。罗红卫老师将花摆在碑前，倒退几步，立住，默默地，铜铸一般。过了约摸一个世纪，或者一个朝代，罗红卫老师的腰开始缓缓地动，头低低地俯下来，俯下来。这个动作重复了三次，又立住，一动不动。

教师节的阳光晦涩难懂。光与尘纠结起来，浮动起来，摇晃起来。

学生们的嘴已张得很大。

突然，学生们的心底深处砰噔一声响！附近的一只鸟儿怪叫一声，直冲苍穹，云说聚就聚上来，天的远处轰轰隆隆地响着。

罗红卫老师双膝跪倒！

罗红卫老师缓缓举起了他的双手，那双手的五根手指抖索着，抖索着。那是学生们熟悉的手指，上面有着粉笔的香味儿。此时，罗红卫老师正盯着那手指看着，好像那手指是怪物。

许久，罗红卫老师把手指放下来，把自己变成一尊塑像。

那尊塑像存在了也许有一万年，或许更长，长得让学生都坚持不住。

学生们决定要走，他们不敢去打断罗红卫老师的思维。学生们走到墓地管理人员的房子前停下来，那里面坐着一个精瘦如柴的老人。学生们决定问那位老人。学生们就问，那个墓地，是谁的？

老人望着门外很远的地方。

老人的话像是在讲述一段历史，三十多年前，有一场运动，那个躺在墓里面的人，被他的学生打死了。

那人是罗老师的父亲？

老人依旧盯了远处，那人他不姓罗，你瞧我这记性，他姓什么来着？但肯定不会姓罗，姓罗的，是他的学生，就是每年都来的那个。

学生们仍不很懂。学生们回到家里，问他们的父母，三十多年前，那场运动究竟是怎么回事？家长们半天不语。学生们现在很为难，第二天见了罗老师，该不该对他说：教师节快乐！

老耿

一个派出所，好比一只麻雀。天津话讲，嘛人都有！所长、教导员、副所长、副教导员、警长、副警长、片警、治安警、户籍警。还有不在警察序列内的。比如，联防队员，打眼一瞅，穿着上跟民警没啥两样。神态上，有的比正式民警还牛上几分。再比如，户籍协管员，多数是嫩葱般的小丫头，手指在键盘上飞成两只小蝴蝶。走起路来，小胸脯挺着，脚不沾地。很赏心，很悦目。食堂里还得有一个两个做饭的吧？这么大一家子人，个顶个吃起饭来跟土匪似的。而且，众口难调。一般人，还不一定能伺候得了呢！

老耿就能。

老耿是个瘦子。不是一般的瘦。那种你想象不到的瘦。再紧巴的衣服，到他身上，也显肥大。有风吹进去，能鼓成气球。

老耿不光做饭，还管着好大一摊子烂事儿。

派出所四层楼，房间就不少。每个房门钥匙，都额外放他那里一把。老耿把所有钥匙都贴了白胶布，用圆珠笔写上字儿，串在个大铁环上。不在食堂里见他的时候，他手上必定拿着那圈钥匙，像哪吒手里的金刚圈，一前一后摇晃，哗啰，哗啰，哗啰，很有节奏。

他这人腿脚特别麻利。

干这差使的，腿脚不麻利能吃得开吗？

这间屋里的门把手坏了，那屋里要在墙上挂牌子，纯净水喝光了，电源插座不好使了……大家走到门口，或者站到走廊正中间，扯起嗓门，老耿，老耿，老耿！先听到一声回应，然后，那钥匙声节奏明显加快，哗哗啰，哗哗啰，老耿出现了。

老耿做的饭菜，算是比较让大家满意。

派出所的食堂，不可能整得像饭店。这么多人，饭菜稍稍上个档次，就是一笔不小的开支。大当家的也头疼。顿顿鸡鸭鱼肉？银子是那么好搞的？再说，花钱的地方，多的是！可是，大家既忙又累，伙食上忒差劲，也说不过去。

所长抓着头皮跟老耿商量，能不能既省点钱，又做得好点儿？我知道，这是为难您。

老耿一脸庄重，我尽量吧，尽量！

他的确尽量了。尽管多是寻常蔬菜，但老耿能频繁地变换花样。老耿腌制小咸菜是一绝。小黄瓜、芹菜根、水萝卜，油焖得清脆爽口。满满的一盘，摆到桌上，转瞬间就不见了踪迹。

饭做好了，老耿站到院子里，仰起头，吹哨子。三声哨响，楼里就传出饭盒、勺子叮叮当当的敲击声。像走出一支刚刚组建的乐队。

老耿，今儿中午有肉吃吗？

老耿仍是一脸庄重，有，有啊，我精挑细选的排骨，一大锅呢。

问的人，明明知道这是不现实的。

于是，与老耿对着脸，咧着嘴乐。

派出所民警加班加点的时候多，随意性强。不像有些个单位，到吃饭的点儿，所有人一个都不少。在派出所，几乎没有早餐、午餐、晚餐这种划分法。有时候，正吃着，报警电话进来，扔下饭碗就得走人。想凑齐人再开饭，不可能的事儿。老耿四下一瞧，就知道谁还没到，于是，单独把饭留出来。不管什么时候去食堂，哪怕是夜里出警晚，回来肚子开始叫，老耿都会起来给你烧火，做饭。

显然，派出所少不了这样一个人。尽管，平日里感觉不到他的重要性。但那几天，所有人都感觉到了。

老耿罢工了！

他准备炒派出所的鱿鱼。

老耿跑到所长屋里，把那串钥匙哗啦一扔，我不干啦！所长半天没回过神来，这老爷子什么时候发过火呀？还没等他开口问，老耿早出门去也！

那天中午，大家都没听到熟悉的哨响。一开始没在意，后来，互相串门。咦，怎么不吹哨了？啥时候吃饭哪？饭当然吃不成啦，各人想各人的办法去。晚饭依然没着落，现找人也来不及呀！大家这才意识到生活发生改变，一下子少了很多东西似的。

所长还在寻找答案，终于，大悟！是一个民警把老耿给得罪了。

所里丢了俩警用手电筒。该民警开玩笑，老耿，拿回家哄孙子啦？

就这一句话，老耿恼了。

所长把那民警喊去，好一通训！嘴皮子痒痒是不是？找块砂布打磨一下呀！老耿干多少年了？是那种人吗？给你两条道，一，从今以后，你做饭。二，立马开车去，把老耿接回来！

那民警选择后者，乖乖地去，灰溜溜地回来。车上自然没有老耿。老耿说了，你不是警察吗？你啥时候把那案子破了，我啥时候回去！

所长嘿嘿哈哈大笑，那还愣着干吗？查吧！

还真就给查出来了！

是刚招聘的一个联防队员干的好事儿。

哨声响起来。大家纷纷走去，对老耿表示亲切慰问。大多带有半开玩笑的性质。对这瘦老头，无端又多了份别样的感觉。

老耿系着白围裙，弓着腰，手里拿把勺子，站到大厅中间，说，说实话，你们都和我儿子差不多年龄，我老感觉，你们就是我的孩子。看着你们整天没白没黑，我也心疼。我就想，为你们多干点儿力所能及的事儿。我不怕跑腿！可我这人，一辈子没被人戳过脊梁骨。别的玩笑，怎么开都行。说我偷东西？我，我丢不起那人！

老耿眼里亮晶晶的。

你曾送我一个玩具

打量那个人的第一眼，就觉得似曾相识。后来，对照着名字，我一下子就把他在记忆深处搜索出来。

是他，真的是他！那个足以让我感激一辈子的人。

那是很多年前的事儿。我那时还是个小孩子。每天下午放了学，我都在街口小卖铺前站好一会儿。那里面摆了许多小玩具。我非常喜欢一个小汽车。每次，我都要拿起来，抚摸好一阵子，然后放回原处。那东西并不是很贵。但我知道爷爷没法买下它。我的父亲死了，母亲改嫁。爷爷能够凑齐我的书费，就已经很不简单。我不能再给他增加压力。我只能看看那件玩具，却无法拥有它。

那天，小卖铺的门口站了两个人。

一个是母亲，另一个是她的儿子。

我照旧拿起那辆小汽车，轻轻地抚摸着。甚至，把它贴在脸上，闭上眼睛，感受那柔滑的表面带给我的快乐。

这时，那个母亲问道，你喜欢它？

我点点头。

那回家去，拿钱来买下它。

我摇摇头。

我说，我没法买它。然后，我告诉了她理由。她一下子沉默。

就在那时候，我转身就走。我可不想让人觉得我可怜。尽管，那辆玩具小汽车在我身后发出诱人的信号。可我知道，我根本没办法得到它。我咬着嘴唇，眼泪快要下来了。

突然，身后传来一个稚嫩的声音：等我一会儿好吗？

我回过了头，却发现那个小男孩追上来，手里握着那辆小汽车。他说，我知道你喜欢它，拿着吧！我说我不要，我没钱。男孩说，这是我送你的。我已经跟妈妈要下它了，现在，它是我的。我把它送给我的朋友。

我接过那个玩具，眼泪刷刷地流下来。

现在，我想起来了。我的当事人正是那个小男孩，而我现在的身份是律师，我得为他辩护。是他的老父亲找到了我。

在确认是他以后，我已经做好竭尽全力而且分文不取为他辩护的准备。可是，在翻阅案卷了解案情后，我陷入悲哀中。那个巨大的落差让我无法接受。他和另一个小伙子惨无人道地摧残了一个少女！最后，又用匕首在那少女身上留下了十几处伤痕，致使那少女当场死亡！

我合上案卷，紧紧地闭上了眼睛！

这是一场毫无悬念的辩护！

他的母亲坐在我面前，眼睛几乎哭瞎了。她说，你得救救他啊！

我放在桌子后面的手紧紧地捏着那个小汽车玩具。许多年来，那个玩具一直伴随着我。

在法庭上，进行完所有的陈述之后，我举起了那个小汽车，向大家讲述了那个故事，试图来进一步打动法官。所有人在我讲述的时候都寂然无声。我的当事人和他的母亲在那时，都目瞪口呆。接着，他们都流下了眼泪。

可是，宣判的结果和我预想的一样。

我的当事人被判处了死刑！

他的母亲当场就晕倒在了法庭上。我坐在那里，捏着那个玩具，很久都说不出话来。我心里清楚，那个结果对于他来说，非常适合！

在执行枪决的那天，我赶到了法庭。我的当事人神情呆滞，似乎周围的一切对他来说都是多余的。他被带着经过的时候，突然瞧见了我。他的视线落到我手里的汽车玩具上。

他忽然说，把那个玩具再给我，好吗？

可是，我没有办法把玩具递到他手上。

他已经被剥夺了接受任何东西的权利。

他被押到车上的时候，人群中传来了撕心裂肺的哭泣声。我在那个哭泣声中，脚步不由自主地跑向那辆汽车，眼睁睁地看到那辆汽车拐出院子，驶向了刑场！

过了好久，我才突然发现，我手中，已经没有了那个玩具。

找了好久，也没有找到。

少侠

编剧把本子往桌子上一放，少侠这角色就是他了。导演抽烟，疙疙瘩瘩一张脸，陷在雾里。良久，把烟头摁进烟灰缸，那头工作，由你来做。

你女儿阿梅，要求与无极演搭档。

这不行。做事得有底线。导演站起来，皱眉。

可，那时候我们想过底线吗?

导演无语。

就这么定下。编剧往外走，一边伸出右手食指一晃。

接听经纪人电话时，无极将头一点点昂起来，眼睛里，似乎擦燃一只火柴。他冷冷地说，让那糟老头去死吧！然后，扣掉电话。无极当时正在片场，拍古龙先生另一部武侠剧。似乎在所有片中，无极都是主打。他是圈内公认的实力派武戏演员，戏份足，打得酣畅，而且还有人物。许多影迷说，无极最有特点的，是眼神，那眼睛会说话。

但，今天无极眼神飘忽不定。

一个长镜头，试过两遍，光头导演再次喊停。导演不说话，端详无极。无极也看导演，要不，今天就到这里?

无极提着剑走，一边打电话，我改变主意啦，让他把剧本拿来。然后，悄然微笑。

戏很快敲定。开机。

和无极配对手戏，阿梅觉得兴奋，一直围着他转。导演的视线被女儿牵着走。一次，不经意一瞥，发现无极把手搭在阿梅腰上，阿梅哧哧笑。导演眉头紧缩。

导演张着双手在说戏。少侠和少女是世仇，俩人却陷入爱河。少女的爹，害死少侠父亲。少侠学成盖世武功，替父报仇，当他把剑指向仇敌脖子时，少女在一边撕心裂肺地喊：不！他是我爹！你不能杀死他！少侠的剑，于是缓缓落下。

我要让他死！无极目露凶光。

导演眉毛一跳，把脸扭向编剧。

阿梅眼睛一直盯着无极，佩服，你简直入戏太快啦！

导演捂胸口，似被烟呛中。编剧两只胳膊交叉，左手拇指搔着下巴上的短须，问题是，这个父亲已然悔过。导演不语，微微点头，拿烟的手，似在抖颤。无极眼里，恶光迷离。说实话，这本子很烂。但，我理解你的意思。

编剧点头，那，你想怎么安排情节?

这样，少侠必须把剑刺进仇人头顶！然后，他被心爱的姑娘杀死。姑娘毫无武功，但少侠心甘情愿。姑娘杀死意中人，举剑，自杀，——哦，不，姑娘该独身一人，走向茫茫大漠。

无极，我不会杀死你的！阿梅突然说。

导演抬头看天。这座边远小城上空，灰尘弥漫。

无极扭头看阿梅，你，是无辜的。

导演重又把目光打落在无极眼睛上，两人均感到空气郁闷。

我答应你。

无极仍没挪开目光，我还想，你会不会亲自演我的仇敌?

阿梅拍手，这提议太棒了！爸，你看希区柯克，每部电影里，都安排自己角色。导演伸手抚摸一下女儿的头，微笑。

无极这下移走目光。

编剧用上牙咬着下嘴唇。导演呵呵笑，那我就卖一次老?

茫茫大漠。少侠与仇敌背向而立。风，肆虐地吼，黄沙，扯天扯地。镜头切近无极眼睛。无极的眼睛紧闭。镜头切近导演，灰白头发，长长眉毛，萧瑟地舞。导演的左腿突然一短，右手迅速捂胸。美工把帽檐拧向后脑勺，对副导演悄声嘀咕，老爷子有戏啊。编剧却做个夸张动作，身体一晃。

无极眼睛突然张开。副导演的手一挥，架台上，那肥胖小伙一下子拽动钢丝绳。无极的身体，像只大鸟，在大漠空中飞起。他剑身合一，倒垂而下，剑尖直指导演脑顶！

阿梅一袭白衣，突然奔出，叫喊，无极，那是我爹啊！

无极的剑直刺而下！

眼看就要刺中，无极却一下扭转剑身，闪踏在一边。

所有人呆住！

导演身子晃动一下，突然，仰天一口鲜血喷去！那血，在风沙中，卷成一团血雾，倏然不见。

副导演挠头，本子里没这动作吧？

导演缓缓后倒。

导演的身体终于平放在大漠上。

阿梅喊，爹！

导演嘴唇颤动，无极，我知道，这些年，你一直恨我！

似乎有沙袭进编剧眼睛，他在揉搓。

导演的声音在大漠上宛若游丝，多年前，我的确犯过不可饶恕的错。一念之差，我和你的编剧叔叔，把我们的好友——你爸爸——出卖。他被拉去批斗，游行。我几乎一闭上眼睛，就能想起你爸从六楼窗口飞身扑下的影子。我不行了。临死前，必须得让你知道，我已悔恨半生。求你原谅。

大漠，狂风。所有人站成一株株沉默的树。

阿梅扑向他的爸爸。

无极手中的剑缓缓滑落，哧啦一声，清脆无比刺进黄沙。他背对阿梅，面无表情，一步步向前走去。编剧、副导演、摄像等人开始向导演那边跑。

无极突然立住。风，吹起他长发，拧着，摇着，在眼前舞出无边风致。

无极蓦地转身。

无极踏步走向导演。

无极伏下身来。

无极抱起导演。

无极向编剧喊：叫救护车没有？

麻雀

钱老是全国知名作家。钱老应邀到我们这座小城来讲课。几个文学圈的朋友一合计，要单独请钱老吃顿饭，而且让钱老吃舒服点。

到哪里去吃呢？大家犯了难。像钱老这样国内国外到处去的，啥东西没吃过呀？最后，我建议，要不上山吧，吃点野味。

于是，上山。

看得出来，钱老非常高兴。山上空气新鲜，景色也不错。

开始上菜了，先是清一色的野菜，苦菜、薄荷、槐花、花椒芽、山楂芽等等，每上一道，钱老都说好，都是真正的绿色食品。大家也高兴了。

我说，钱老，还有一道菜，你吃了保证说好。

是吗？钱老的胃口被吊起来。

一会儿工夫，那道菜上来了。是这个山村小店最有特色的菜——炸麻雀儿。那麻雀炸得颜色焦黄，上面略撒胡椒、孜然等调料，隔老远就能闻到那种喷喷的香味。嚼到嘴里，酥软香脆，让人回味无穷。

钱老，您尝尝。我拿起筷子，夹一只给钱老。

这是什么？

麻雀，真正的山里麻雀。

没想到，钱老的脸色突然大变！钱老果断地说，把它撤掉！

大伙儿都愣了！

一位朋友笑笑说，钱老，您是不是觉得咱们吃这个破坏了生态平衡？其实，山里的农民都在谷子地里竖起草人吓唬麻雀，这东西太多，太能糟蹋庄稼了。

钱老却把袖子挽起来了，我们清晰地看到他的胳膊上起了红红的好儿片。钱老竟然一见麻雀就浑身过敏了！我有个朋友一看到蚂蚱、蝎子，就浑身过敏。但我还没听说过一见麻雀也那样的。我赶紧就把那盘麻雀儿端下去。

过了好一会儿，钱老缓过劲来了。他为刚才的失态表示了歉意，并给我们讲了个故事。

——那是个你们这种年龄都了解的年代。那时候，我还是一个中学的校长，因为发表过一些论文，很快就被掀翻在地。我和几个老家伙被关在一间黑屋子里。那些曾经听过我的课的学生们，想起来便把我们轮流提出去，做专场批斗或陪斗，那滋味不好受啊！但比关在屋子里还是强多了，自由多了。我们几个人在那间屋子里，不敢说话，不敢交流，就那么闷闷地坐着，默默地背语录。对于我们来说，这种日子真是枯燥啊！

有一天，枯燥无味的气氛突然被一个小动物打破！从窗口飞进一只小麻雀来！那小东西兴许一飞进来就感觉到了这里的沉闷，它拼命地想出去，可进来容易飞出去就难了。有好几次它都撞到窗棂子上，差点掉到地面上。

我们几个不敢动，但视线却随着那麻雀的举动来回移动。

这种状况，很快被守在外头的人瞧见。有个臂上戴箍的学生走进来。他皱着眉头瞧了瞧那只小麻雀，然后又瞧瞧我们。我在他的眼睛里面捕捉到了一丝闪亮。

他下了命令，逮住它！

我们几个得了这命令，开始动手。想想看，几个学者、专家、教授，在一间屋子里逮麻雀，这本身就富有戏剧性。但那时候，我们觉得兴奋，干这个总比闷在那里强多了。

麻雀最后落在了对物理学颇有研究的高老手里。高老捏着那只麻雀，几乎是小跑来到那个学生面前，高兴地说，逮住了！

那学生把麻雀拿在手里，端详着。那个小生命哆嗦起来。

端详它的人突然笑了。他面向高老，轻轻地说，你吃了它！

钱老讲到这里，就用双手把脸捂住了！钱老说，屋子里所有的人都呆在那里！他们看到高老的手哆嗦起来，高老把麻雀接过来，眼睛盯着那只可怜的麻雀，突然，就向嘴里塞去……我们几个马上就把眼睛闭上了！我们的耳朵里听到了一种很残忍的叫声……

钱老把头深深地埋下去，身子剧烈地扭曲着，再抬起头来，已泪流满面。

世象

蓝桥会

那就是蓝桥。

赶马车的老人枯枝般的手指一挑。夕阳在他的指尖迸溅渲染开来，在那斑驳淋漓中，一座桥的影子出现了。

井？老人甩出一鞭，然后回答，井当然还在桥边。

说着，近了。待双脚落地，已在桥上。

是的，我的双脚就站在蓝桥上，站在一个悲剧的舞台上。

那书生就是从这里掉下去的吧？

老人迷了眼，看着天。那只是个传说。

可那个传说多么优美，多么凄恻。我说。

我查过县志，确信这里正是发生那个悲剧的地方。此刻我激动不已，我已经接近了两颗燃烧的激跳的情人的心，我已经触摸到了他们殉情的痕迹。

孩子，小心点。老人说。

我一笑，我不会落水的，大爷，何况，桥下面的水几乎要干了。

老人盯我一眼，缓缓地走了。

我看见了那口井，那口一个古装少妇曾哀怨地往返担水的井。井沿光光滑滑，显然仍有人来挑水。我在那个井台上坐下，目光沿了那条碎石小道走进了那片树林，也走进了那段传说。

一个少妇肩了一副水桶从林的开口处悄然出现。

女人叫瑞莲。县志上就这样写的。

此时，她走进了我的视线，从历史走进现实。

书生叫秀时，书生当时渴了，他站在井台边束手无策。这时的瑞莲也这样碎步走来。瑞莲来担水。书生鼓足勇气，求大嫂借水桶一用。

少妇莞尔一笑，说，你用吧。

书生接过桶来，缓缓地放进井底。可是，他无法让井水灌进水桶。

少妇笑了，一看就是个读书人。

少妇接过水桶，手腕一抖，桶已满了。

秀时俯下头，咕咚咕咚大灌一气。喝够了，却不走,问，你家大哥怎么不来担水？如没这一问，兴许也就没有后来的故事了。这一问，倒问得少妇珠泪涟涟。瑞莲道出了伤心事，“丈夫整日不务正业，嫖赌在外，婆婆残虐，妾命苦，如嫁夫如君，死无憾。”

我此时便如那个书生了。这一切仿佛是那个传说的重现。

我问，莫非你也受丈夫公婆的虐待？

少妇脸上顿现愁容，同时机警地四下一望。

我顿时觉得这里面大有文章。

正待问，少妇却急急说出一句，你救救我吧！

少妇说，我还不如那个瑞莲呢。

少妇说，我在十年前就被人贩子卖在这里。我男人是个傻子。

少妇说，我逃了十几次了，每次都被抓回来，往死里打。

我感到热血沸腾。我必须救出这个可怜的女子。我问，我该怎么做？

少妇说，天黑的时候，你在桥头等我，我跟你逃出去。

天说黑就黑了。

我站在那棵柳树或是杨树后面，踩在也许书生曾踩过的石板上。体验着一种前所未有的体验。

书生等他的情人。我在等一个被拐卖的妇女。

书生很着急，因为雨越下越大。书生当时带了一把伞，可还是浑身湿透。书生在桥头踱来踱去，后来走到桥下避雨。桥下的水很快上来了。逼迫他也走上来，站在电闪雷鸣中。突然，他一个趔趄，滑进了桥下的大水！瑞莲来得太迟，迟得只能借着电闪看到书生的鞋子和雨伞。她脸上满了泪水雨水，她仰了脸，恨骂了一声苍天，然后，从桥的正中间，跳下去了！

要是再下点雨，一切都齐了。

我正在怀疑着情节间的巧合，女人的身影出现了！

我闪将出来，抓住女人的手，低声说，快走！

然而，我们走不了了。面前突然闪出两条铁塔般的汉子。一个说，我看你就不是好东西！正待分辨，脸上已着了一拳，眼前金星乱舞。另一个和气，小子，拿五千块钱来，就不用送你去派出所了！

转眼之间，我包里的两千多块钱就换了主人。接下来，腰上背上或者是什么部位又吃了一通拳脚，我便和一个醉汉一样向后倒去，倒去。脑子里却清晰地听到一连串的男人女人的笑声。

老人的马车载着一个前来采风的青年人缓缓走出了那个小山村。

我睁开眼，脑子里仍是混混沌沌。

老人的背冲着我，一绺洁白的胡子在风中舞着。我挣扎着抬起了头，目送着沐浴在清澄的朝阳下的蓝桥渐行渐远。

你是第十个。老人淡淡地，说，孩子，其实，这就是生活。

城市深处的鸡鸣

岳非每次出门前都要进行一番精心打扮。

具体细节是，领带夹的位置要在自下而上三分之一处。鞋子表面得有光洁度，而光洁度取决于鞋油数量的精确以及擦拭的力度与时间恰到好处。岳非做这一切一丝不苟。

由此可见，岳非是一个极其讲究的人。

然后，岳非会拿起他的公文包放在左胳膊下，站到镜子前，用梳子梳梳并不凌乱的头发，走出房间。他会取出钥匙，给防盗门上暗锁，拧一圈是单卡，两圈是双卡。然后，走出楼道。岳非的左脚踏出楼道的那一瞬，城市某一建筑物上的钟会准确地响一下，表明这是凌晨一点。

岳非走进凌晨一点的夜里。

岳非一走进城市的黑夜，便显得格外兴奋，一块块花花绿绿的地板砖图案迅速地向脚板后面移动着，移动着。城市的夜晚，其实如同白昼，人自然是少多了，但依然热闹。世纪路中段有处工地，灯火通明，岳非会很轻松地在第十层或是十一层看到几个戴红帽的建筑工人。中心路上的热闹是被一些花枝招展的女人点燃的。有时，岳非走着时会撞上一个，拿眼瞧他，把他端详成一张或几张钞票。岳非并不答话，岳非走他的路。南京路、北京路、上海路，向左一拐，便是华山路，华山路是东西方向，岳非的家就在华山路的中段。实际上，岳非所走的路线是一个标准的正方形，他从一条边的中点出发，然后又回来了。

岳非的脚踏进楼道的那一瞬是凌晨三点。

那个时刻，在城市遥远的深处就会响起鸡鸣声。

岳非用精确的两个小时走完正方形。然后，岳非净了手，上床睡觉。

但是，岳非对自己每晚的行程毫无知觉。

那时的岳非是非真实的人，那时的岳非的灵魂实际上还在床上，还在老婆的两条胳膊围拢之中。行走着的仅是一个躯壳。

想象一下这真是一件可怕的事情，我们不能解释的现象太多。比如，岳非所做的一切怎么就那么合乎时间的规律？几乎分秒不差。有人对这事将信将疑，可岳非的老婆拿出了明证。有一天早晨，她跟在岳非后面，手里握着一块电子手表，后来，她终于服气了。她甚至搞不清是时间左右着岳非，还是她那夜游的丈夫约束着时间。

我们当然有理由为岳非的安全着想，他会不会无法躲避迎面而来的突发变故呢？可事实证明，我们和岳非的老婆一样不必费那份心思。因为，经岳非的老婆多次跟踪证明，在整个过程中，岳非表现出超常的灵活多变。道路边上的行人根本不会对他构成威胁。何况，岳非行走的正方形全是路边的人行道。也就是说，只要岳非的行走路线不变，他就不会遭遇由车辆带来的危险。既然他在时间上都把握得相当精确，那么他突然改变路线的可能性，就几乎没有。

岳非的老婆后来总算放了心。岳非的老婆不想对他的这一病状做任何的努力了。岳非的老婆甚至在明知他离开房间时仍继续大睡。

可有时候，你会发现我们忽略的环节往往会给我们致命的打击。

那天早晨，岳非没有按时回来。

岳非的老婆在凌晨三时突然醒来，就清晰地听到了城市深处发来的怪异的鸡鸣声。岳非的老婆先是往身边一摸，岳非的位置是空白。然后拉灯，看表，穿衣，顺了岳非行走的路线奔跑，脚下的方砖飞快地往后延伸，最后，她突然在华山路的路口站住了！

她发出一声尖叫！

她准确无疑地看到躺在道路中间血泊里的正是她的丈夫岳非！

岳非的领导亲自操办了一场小型但非常隆重的追悼会。岳非的领导痛哭涕零。岳非的领导说，他是一个对工作积极认真一丝不苟的好同志，我们对失去这样一个好兄弟而感到痛苦。岳非同志遭遇车祸是我们的巨大损失！

岳非的老婆甚至有点自豪。

并不是每一个人死后都会得到这样的评价。

所以，她渐渐地不再对丈夫的死抱有怀疑。例如，他怎么突然改变了夜游的路线，跑到行车道上去了呢？有一天，岳非的老婆在默默整理他的遗物。突然，发现岳非的衣兜里有一封信，她拆开那封信，默默地就愣在那里！

那是一封举报信！

第N元素

生活就是舞台。男子手里举着高脚杯——满满的啤酒——伸过头来。

我不认识他。而且，这句话恶俗透顶。懒得理他。我注视着舞池里的舞者。确切地说，在看一个女人。刚进门口时，她恰巧从我面前滑过，在一个男人引导下，她轻盈地旋过去。我闻到一股馨香。

男子并不顾我的反应，一气喝干那酒。他顺我的视线，也瞥一眼那女人。她跳得怎么样？

我点点头。唔，不错。

顺便转脸看男子一眼，他似乎在笑，又似乎皱皱眉头。

你看，我们的日子就这么杂乱无章。知道你对这话不感兴趣，但是事实。

看来，我得应付他一下。或者，我是不是该离开？

男子此时却不出声，右手端着酒杯，用我们能想象到的那种姿势晃着。左胳膊肘撑在桌面上，左手五指插进头发。显然，他做过好多次这动作，头发被他弄得直立着。他的目光几次滑进舞池，又闪烁着，挪开。

知道吗？人得用两条腿走路，缺哪条也不行。他迅速扭过头来。

我问自己，你有义务陪一个酒鬼聊天吗？但就在这时，一支曲子结束。灯光亮起。那女人，直朝我这方向走来。我又坐下。我得承认，她跳得非常棒。她坐在我旁边，脸却朝向那男子。轻轻地压抑着喘息，但异常兴奋。我跳得怎么样？

男子很夸张地笑，甚至，我感觉诡异，他情绪转变竟如此迅速！

你从他胳膊下转过去时，手形应该是这样的。

男子摆个动作。女人连连点头。

又一支曲子开始。先前那男人过来，向女人伸手。女人转脸面向男子。男子微笑，去吧。他目送着女人站起来，滑进人群，看到那个男人把手搭在女人腰上，迅速撤回视线。刚才我说到哪里？他鼻音很重，满是酒气。然后，像自言自语。人这一生，注定遭遇许多意想不到的事情，有人把这归结为命运。我不这么认为。人的一辈子，由数不清的元素组成，物质的，或者非物质的。

我想起这家舞厅的名字——第N元素。

男子再次喝完一杯酒，身体摇晃一下。我决定不理他。刚才借着灯光，我看到一张平常无奇的脸。甚至，有点丑陋。这样的人，居然有那么多鬼想法。但我不想走。女人身上的古典气息把我吸引住。我想与她共舞。

老弟，结婚了吗？男子又问。我下意识地点头。眼睛看着女人。

夫妻之间，也由许多元素组成。情感是个难以驾驭的玩意儿。爱，是自私的。

我简直受不了。这个醉鬼，他跟我谈婚姻，爱情！多傻的话题？这世上有什么真正的爱情吗？我受过伤害，索性不去碰那玩意儿。但生活缺了刺激不行。真的不行。

终于，音乐停住。女人还是朝这边走来，仍然没在乎我，径直在男子身边坐下。别喝那么多酒啦。她说出一个陌生名字。

我站起来。

男子说，没事儿。

我走到女人跟前，能请你跳下一支吗？

男子瞧我一眼。表情怪异。随后面向女人，点着头问，不过，你累吗？

他是她什么人？这个问题，在我眼前一滑而过。

幸好，你没拒绝我。滑进舞池，我对她说。

好久没跳舞啦。女人很开心。

转身时，我掠过女人肩头，看到男子继续喝酒。而且，还燃起一支烟。那男的是谁？怎么喝成那样？

是我老公啊。

我被吓了一跳！手不由自主撤回一点。这怎么可能？谁跟妻子出来跳舞，自己喝个大醉？但我没继续询问，人是很卑鄙的动物。我又觉得可笑，居然在男子面前，考虑把人家老婆揽在怀里。

他看上去很忧郁。我说。

女人答非所问，他跳得也非常好，我俩几年前曾拿过市里业余组的冠军。

我扭头看男子。他举着酒杯，和另一个男人说话，似乎很激动，右手比划着。我的左手捏起女人右手食指，举过头顶。真是一个默契的舞伴啊，她轻盈地旋转起来。

……人，为什么要活着……活着的勇气……这几个字在音乐声中断断续续传进我耳朵。

女人的身体后仰，长发甩起来。女人却突然停下，我看着她跑向男子。一个男人挥起拳头打在男子脸上！——是刚才邀请女人跳舞的男人。我不由自主过去。女人拉她的老公，为什么这样？

不关你的事，我们在聊天。

我们走。女人很坚定。

男子忽然很温柔地笑起来，你不想再跳？说着，他摁着椅子一角站起来。老弟，我老婆跳得怎么样？女人眉头一皱。我回答，嗯，非常专业。

女人再次说，我们走！

男人开始迈动脚步，可第一步让他吃了大亏，居然扑通一下扎扎实实摔在地上。女人弯腰扶他，我也伸出手。我触到女人的手，很柔软。我不该答应你，要来这里。女人轻声嘟囔。他们俩开始往门外走。我刚想问，您什么时候再来？却突然闭嘴，在舞厅不甚明亮的灯光下，我看到男人的右腿分明是短了一截。

他摇晃着身体，由女人搀扶着，走出第N元素。

专修女鞋

女人最好看的部位是哪儿?

许多年前，大武就这样问我。我嘿嘿一笑。那时我俩都很穷。都在一家毛巾厂打工，修理机器，手上满是油污。发了工资，倒不吝啬，不是他请，就是我招呼，无非去路边夜摊，吆喝一盘土豆丝。奢侈时，多一样辣大肠。用牙咬开从小店里买的二锅头，却也能喝出一夜意境。许多年后，我回味起大武这个问话，心道，这个人真就与众不同。

他脸红红的，并不在意邻桌小姑娘的白眼，说，是脚。

嘁！我很不屑。

真的很不屑。我不那么觉得。我有自己的看法。

你不信?他鼓着眼睛，我要有钱，就开一家鞋店，专卖女鞋。

后来，他被开除。有个女工去车间主任那里告他，说他耍流氓。

原来，女孩在水龙头下洗脚，大武恰好去刷牙，一见那女孩的脚，视线立刻扯直了。女孩一开始没注意，后来，猛地抬头，也愣住。大武接下来做了一个很不合适的动作，他慢慢地凑过去，伸出手，去触摸那女孩的脚。

他怎么可以这样呐?真是丢人哪！这人居然是我的同学！因此，他搬离宿舍的时候，我甚至都没起身送他。

后来，我在大街上看见了他。他摆一个小摊儿，修鞋。我远远地注视着。他其实是很敬业的。活儿干得很仔细。多数时候，都是低头忙活。可是，观察半天之后，我突然发现一个问题，每当顾客是女性时，大武就变了另外一个人，神采飞扬，肢体语言非常丰富。

再后来，他租下一个狭小的门面，挂出个招牌来：专修女鞋。

我路过时，心里很鄙夷地骂了一句。

后来，我也离开了那家厂子。说起来是沾了写点文字的光。晚报社要招聘编辑。我揣着在几家报纸发表的文章去，不想竟被选中。没想到，他会主动来找我。当时，大武站到我们办公室里，我呆愣半天，没认出他来。

他脑袋后面留一束马尾小辫儿，上身着件粉红色体恤，下身则是紧绷绷的牛仔。看上去身体修长，面若敷粉，活脱脱一个学院里的美术教师。以至于他离开的时候，办公室小女编辑捏着下嘴唇问我，你这同学是不是有点儿变态？我眨巴一下眼睛，何以见得？你看他走路的姿势。小女编辑站起来，学着大武的样子。

当晚，我去赴宴。大武是来邀请我的。毕竟，当年好友嘛！

在酒店里，我开始端详他。女人的眼光，果然敏锐犀利。大武一举一动，真的大有异样。比如，他抽烟，是用食指和中指的梢部夹烟卷的，另三指作兰花状，整个手型向外翻转，嘴唇拢成“O”型，稍稍倾斜，向上方吐烟圈。

还记得当年我问你那个问题吗？你现在是作家啦，请回答，女人最性感的地方是哪儿？

我笑。依然不回答。但脑子里，出现诸多图腾。

他也笑了。很妩媚。看吧，作家的想象力多么丰富！但我从你的眼睛里，看到污浊不堪的东西。你没从艺术的角度去思考这个问题。女人最性感的地方，是脚，不是别处。上帝打造女人最精致的地方。两个花朵，每个花朵整齐地排列着五个花瓣。看女人是否有魅力，夏天，你只需打量她裸露的两只小脚。一个女人，在夏天穿袜子，要么缺乏美的自信，要么假正经。冬天，你就该看女人的鞋子。瞧，那个女人，一进门我就注意她。她的长筒靴简直妙不可言。

我看了一眼那个女人。你说那个脸上有雀斑的？

大武双手捂着脸，作家啊，不可救药的作家！

我终于弄明白他的意图。原来，他的店面规模扩大，服务项目拓展。开始为花样单调的女鞋修饰花纹，配加饰品，比如，水晶，贝壳，丝带。

我要做的，是根据每个女人的特点，设计鞋子的样式。比如，有的女孩青春、浪漫。有的女人热烈、奔放。有的女人内敛、清雅。而有的女人呢，偏偏就喜欢古典气息。你知道吗？很多挑剔的女人，在商店里找不到她们自己满意的鞋子，就来找我。因为，我对女人的脚，一直持有艺术的眼光。

大武的目的，是想让我给他在晚报编发一则软广告。我说，我试试看。但实际上，我没去做。说实话，我真的有点反感他。

一转眼，又过几年。大武这名字再次传到我耳朵里，是一次同学聚会。同学们说起了他。说他的店面垮了，生意做不成。女人没有来找他的。

为什么呢？

因为，他自己变成一个女人。女人都躲他。倒是听说有男人来找他。

更奇的还在后面，前几天，我在路上忽然迎头遇到他。大冷的清晨哪！大武却穿着一件雪白的圆领体恤，一条牛仔短裤，依然是小辫子，却变成红颜色。天哪！他两条细长的腿上，居然，穿着两只黑色的长可及膝的女士筒靴！

他面无表情，分花拂柳一般，袅袅娜娜迎我走来。

我脱口而出，大武，是你呀！

他看我一眼，脑袋轻轻一摇，人家呀，早就不叫大武啦。

刘神针

刘神针当时距那块玻璃十米开外立着。刘神针胳膊上肌肉一簇一簇，攥攥拳头，皮肤里就像藏着几只小鼠，欢快地动。刘神针抬起头，眯起眼，好像用下巴测量一下距离。然后，只听嗨地一声吼，手臂倏地一甩，眼尖的就会看见一道光在日头下一闪，耳朵灵的会听到叮当一声轻响。

有人跑向玻璃，细瞧，玻璃上但见针眼小孔！

众人爆叫一声：好！

刘神针的名字就这样叫起来。

那时，刘神针还是武警。后来，退伍，到了家乡，没找到合适的工作，就去干保安，也算对口。再后来，县局刑警队觉得这是把好手，把他调进来了。刘神针身手快，碰到他手里的犯罪分子能不倒霉？有一次，刘神针参与抓捕，对手人多，要欺负他，这不找事吗？刘神针像武侠小说中侠客一般，滴溜溜一个旋身，手里已经抓了一把石子，刷地一下甩去。那力道谁经受得了？中者皆东倒西歪。

于是，刘神针名气再次大震。

刘神针文化程度不高，让刑警队领导很着急。因为，解决不了正式编制问题。考了几年公务员，分数都差得远。刘神针倒是真下工夫，大热天，读书读得汗顺着脊梁流下来。可他脑子天生不是用在那上面的。队友们后来急，都问，你的神针是咋练出来的？刘神针就挠头皮。刘神针说，这是两股劲儿，拧不到一起。

这是很久前的事了。刘神针做不了正式公安，但刑警队还是离不了他。有时，上级领导来，说，听说你们这里有个刘神针？于是，就叫了来，进行表演，很给领导脸上添彩的。

这样的小伙子，哪个姑娘会不爱？和他在一起多有安全感？

刘神针的女友晓月在县城也是数一数二的美女，身材魔鬼，且容华绝代。刘神针常骑着一辆巨型摩托车，带着她在县城街道上兜风。晓月一副小鸟依人样。让人感觉，那幸福是稀里哗啦淌出来的。小城本就巴掌大，刘神针的名号自然不胫而走。大街上常遇到熟人。刘神针学会了因人而异，有的主动上前招呼，有的得等对方说话后略表寒暄，有的则干脆点点头。但被点头招待的也不以这为不敬，依旧回了头，跟同伴说，瞧，他就是刘神针。

刘神针有时模模糊糊听到这话，很惬意。

那天傍晚，刘神针和晓月从一家饭店门口经过，突然，前面跑过一个姑娘来，衣衫不整，边跑边喊救命。后面，呼啦啦窜来三五条汉子，首者满脸横肉，余者皆手持短棍，凶神恶煞状，眼看就要追上姑娘。

晓月就喊，快！快去救那姑娘啊！

刘神针哧的一声煞住摩托车，摘下头盔，开始晃动脚步，向那几个人迎去。晓月心道，这下好了，坏家伙们，有你们好瞧的了。

刘神针继续往前走。

但，刘神针忽然站住。

刘神针在那几个人揪住姑娘胳膊的同时，转身回来，戴上头盔，甚至还戴上墨镜，一踩摩托车，载着晓月飞速离开。晓月在他身后喊，你不是救人吗？

刘神针找僻静处停下，回头对晓月说，知道那人是谁吗？在这小城里，他是老大，就昨晚上，我们还一起喝酒，他还偷偷塞给我两千块钱呢！

晓月愣住。

这事过了没几天，市里一领导来，说看看刘神针的绝技。局长赶紧安排。刘神针好久没有露彩，也觉得闷。于是爽利了身子上阵。刘神针眯眯双眼，瞧瞧玻璃，非常自信。但见他缓缓地抽出一根钢针，举到胸前。近处的人看到刘神针的手上青筋暴出，就知他全身力气都聚到这根针上了。

已经有人把双手举起，准备叫第一声好。

只听刘神针一声大吼，胳膊就甩出去。

可这次，大家只听到一声脆响。

却没找到针孔。

再去细瞧，原来，那针在玻璃这边就掉地上了。

秋风起

窗外，有棵梧桐树。树上一枚叶子已然枯黄。昨日午后，经风一吹，叶茎突然从中间折断。当时，他顿生感叹，秋风萧瑟啊！早上一睁眼，他就先起身去看那片残叶，却见它已经垂落下来，与枝条的连接仅有一丝。他紧盯着它。忽而有了同病相怜的意味。叶片一摇一晃，忽然断开。他甚至清晰地听到那“啪”的一声哀乐。那枯叶一夜未落，莫非只为了等他？他从窗棂忽地探出手去，试图迎接它的坠落。可是，那叶子沿着离手指不远的线路，滑下去了。

他张了张嘴，沉默。

宣判一结束，他就再也没有话了。

实际上，也无人可说。

他给过好处的，给他好处的，此时，一个个唯恐躲之不及。女人们呢，本来如过眼烟云，自然早做了鸟兽散。他这一倒，真就应了那句话，纸里包不住火！钱，自然一笔一笔对起账来。还有来历不明的。几百万呐！他可没料到，这次灾难的序幕，就是由女人拉开的。因此，老婆孩子不来，他也不能责怪。

白茫茫一片真干净！

他坐在那里发呆，暗想自己这辈子，真算得上一桌满汉全席，丰盛无比。讨饭，十年攻读，官场厮杀，扶摇直上，香车美女，最后，身陷囹圄。

嘿，从另个角度讲，是不是也算值了？

“七号，有人来看你。”

他照例对号码没感应，等醒悟过来，一下抬头，张大嘴巴！谁会来看我？老婆？要是她，还真算一日夫妻百日恩呢！儿子？那小子在国外，只知道打电话要钱，想也别想。情人中的一个？还惦记着一段露水感情的？能有谁呢？患难见知己，莫非要印证一下？

这一路，真是翻江倒海呢！但依然是闷葫芦。

他禁不住嘿然而乐，这一生，居然没个可掏心窝子信赖的人！

会客室的门打开，他站在门口，一下呆住！

是白发苍苍的母亲！

空气在那一瞬凝固。他甚至想转身逃走！

有多久没见到母亲了？她怎么来的？她一直住在乡下啊！

母亲看到儿子，站起身，又伸手摁住桌子支撑身体。

目光却一刻也没离开儿子。

他在母亲对面坐下，不知从何说起。眼里，已经满是泪。

母亲趺趺撞撞靠近，嘴唇翕动着。突然，伸手给了他一巴掌！

他的腮上，像是被树枝子划过。长这么大，第一次挨母亲的打。母亲打完，枯枝般的手顿在半空，又慢慢垂下，轻轻抚摸一下打过的地方。母亲一句话也不说，慢慢转身，拣起墙角的拐棍，向外晃去。

他呆愣着，母亲千里迢迢来，就为这一巴掌？就在母亲即将踏出门口的时候，他突然喊出那个字："娘!"

母亲站住!

母亲慢慢回身，看到跪在地上的儿子。她走回来，坐下，歇息一会儿，开口说话："儿啊！我是黄土埋到脖子的人啦！说不出个大道理。外面的事儿，你懂。这些年，我在家就盼着一件事儿，你啥时候能回来看看娘，咱拉拉家长里短。没想到，盼着盼着，盼到这里来了。"

是啊，整天的忙，都忙些什么呢？

"还记得那年，咱要饭那事儿吧？我抱着你妹妹，你在后头跟着。"

他点点头。

"那你知道，咱家为啥是那年春上最先出去要饭的？"

他摇摇头。

"那年月，过了年一开春，谁家的口粮有剩余啊？哪家孩子出来，都干巴得跟猴子似的。头年攒下的一点地瓜叶，早就没了。全队的人眼巴巴地盯着一个地方，就是村口的地瓜坑！每年，不都畦地瓜芽吗？等一茬一茬把瓜芽儿拔完，埋在沙土里生过芽的地瓜，都要分的。"

他眼前出现那种景象，生产队的地瓜坑边，挤满了人。到处飘逸着地瓜香味儿，甜丝丝的。

"那年，把地瓜挖出来，除了烂的，按人口分，正好一人一个。咱家五口人，分五个。你爹去领的，五个地瓜装在个篮子里，挎着往家走。他千不该万不该，去队长家的院子里落落脚，说是会计少给他算了工分。一转眼功夫，那篮子就空了！明明吃了哑巴亏，可人家是队长，你又没抓住人家手腕子。你爹就那么空着手回来了。你跟妹妹那时候还小，早就眼巴巴地盼着，一看你爹空着手，都哭起来。"

他笑了："是啊，我想起来了。"

母亲也微笑："没办法，一家人饿得眼前冒花。我跟你爹说，你怕丢人，我不怕！脸皮能填饱肚子？我们去要饭！"他轻轻挽起裤腿："娘，你看，那时候被狗咬的。"母亲伸手，颤巍巍伏下身子，在那伤疤上摩挲着。

"你想想，那时候，日子多么苦啊！还不是一步一步走过来了？人哪，千万得记住一条，不是自家的东西，不能拿啊！拿了，就是伤天害理。"

母子二人，一起沉默。

好半天，他悄声问："娘，我托人捎回去的东西，你收到了吧？"

母亲笑了："儿啊，娘这次把那笔钱捎来，全都交上了。我知道，那钱咱不能花！"说完，母亲站起来，擦擦眼角，转身，蹒跚着向外走去。

暗夜

他敲开了那户人家的门。不是因为饿，他带了足够的食品；也不是渴，他所藏的那个山洞旁边，有一汪山泉，尽管天旱，可水却没断。那么他究竟为什么呢？就在他敲响门的那一刻，他自己也没有找出理由。

或许，是为了那份难以忍受的孤独。

屋里的说话声停下来，一个脚步声靠近了。其实，那所谓的门，只是一半道门。一张脸露出来。尽管在黑夜，他还是一下子就在这张脸上寻出了农民式的沧桑。

他问，我可以进来吗？我迷路了。

男人上下打量他一番，说，你稍等一下，让娘们穿上衣服。

屋里窸窸窣窣就一阵子。男人说，你进来吧。

他走进了屋，屋里很暗，燃着煤油灯。只觉得脚底咯噔一下。原来，地面比门槛低了许多。四下一打量，便生出感叹来：这还算是一个家吗？屋里几乎什么东西也没有，与他栖身的山洞没有多大区别。墙角卧有一盘炕，靠北一面支有一张八仙桌，地上是一张四方桌，桌上竟摆了酒，一柄锡铁壶，两个酒盅，两副筷子，一叠香椿咸菜。

这对夫妻刚才是对饮着的。而且，女人也许和男人一样，浑身上下只着一件裤衩儿。这真是山野间的有趣处。他想着，忽然就羡慕起来。他看了一眼女人，便不再去看她。在他一生中，他已记不起到底拥有过多少女人，而且一个个都是响当当的人物。一个山村农妇，自然吸引不起他的兴致。

男人说，喝一盅？

他将背包放下，觉得这建议符合他的心意，于是坐下，嘴里说，那太麻烦了。

女人一边拿酒盅一边说，麻烦什么？谁遇不上一点挫折事？嗓门奇高，却并不做作。他听出了一种淳朴。在生活中，他已经培养起了高度的警惕性，那些女人没有一个能说出这样的话来。她们只是有着永远也满足不了的物欲，她们更关注的是钞票，房子，或汽车的钥匙。他端起酒，饮尽，突然辣辣的一股沿着嗓子就上来了。

他一皱眉头。男人呲儿一声笑：不习惯吧，不是喝这种酒的肚子。男人告诉他，这种酒，八毛钱一斤，用地瓜干换也行。

他一声叹，如果那帮子人知道他喝这种酒会笑掉大牙的。他们喝人头马，XO。一瓶能顶这男人喝一辈子还多。

他取出一个罐头，几根火腿。男人也不阻拦，让女人开了，切了，端上来。女人只着一件凉衣，他瞥一眼，再去看脸，却也看出了另一种美丽。

天太旱呀！男人皱了眉头，骂一句，狗日的不让人活的架势。女人随着说，花生连种子也收不回来了，地瓜，再不下雨，也白搭了。

他问，没别的收入？

女人答，就地里这些东西。

孩子呢？

男人就叹一声。女人却眼睛一亮，拿那封信来呀，让他叔叔念念。男人就起了身去拿。信是从他居住的那个城市寄来的，而且，那个建筑队的老板他认识。信上说：爹娘，我这里一切都好，你们保重身体，到秋后我开了工钱就回家。看罢信，他心头一揪，他很清楚，那个老板，也已经卷了钱不见踪影。谁给他开工钱？

女人叹口气，说，他刚上高中，学习很好，因为他爹去年生了一场病，花了一千多块钱，他就不上了，打工去了。

他手里那张纸沉重起来。他想说，让孩子去找我吧。是的，他有这个权力，他的许多亲戚都是因为这种权力，身居要职。可是，他马上就意识到，那只是从前的事。他扭头看看桌上：没买电视机？他马上就觉得这问题问得真可笑。男人一笑，说，有台收音机的，打开听听？

他不置可否。男人就打开来。女人嘟囔说，乱死人。男人继续笑，听听新闻嘛，你们女人就是不关心国家大事。

他却没在乎两口儿的对话，他在听收音机里的一则消息，说，本市某局一位局长贪污受贿并挪用公款上千万元，公检法正合力侦破此案。男人就骂一声，狗日的，几千万呀！还不枪毙？

他一哆嗦。

他突然觉得自己该走了。二人都挽留，他不肯，坚决走了。他回到了那个山洞，整个夜晚没有合眼。

再一日，几个粗壮汉子找了来，其中一个说，护照什么的都办妥了，车在山下，咱们直接赶往机场。于是，几人就走下山来，他突然就立住。他想起那对夫妻。他静静地站了一会儿。然后说，你们去问问他谁是狗日的？谁该枪毙？给我弄残了他再说！

裸一次的代价

老岳出事了。

这让认识老岳的人很费解。最不可能出事的人，反倒出了。你就觉得这世界越来越不可思议。老岳是多么老实本分的一个人啊！他怎么可能出这种事呢？老岳四十多，该不惑了，该是一切都渐彻渐悟了。四十多岁的老岳这辈子进过几回电影院都屈指可数，更甭说接触什么歌舞厅、网吧、洗头洗脚房之类的新鲜事物了。

这样一个人，怎么说黄，就黄起来了呢？

躲避在人们目光间和话语中的老岳，分明憔悴不少。

老岳彻底忏悔了。他在反思着自己的行径。

其实，那个念头的出现是火山爆发式的，一出来就拢不住。老岳知道自己无法抗拒。当时老岳思索很久。实际上，那种想法或者做法出现在那些新人类身上，是毫不为怪的。关键是出现在老岳身上。那天上午，老岳偶尔翻看儿子的一本书，在书里发现了一个健美的男人体图片。老岳一看，就觉得脑子嗡的一下，他发现那种叫做美的东西了！老岳讲不清楚，但的确感觉到了。他有点被震撼！他不知道男人体还有让人产生如此振奋的感觉。老岳在那一刻有了莫名其妙的感动。他甚至觉得自己的眼角都湿了。

说句实在话，老岳还从来没有注意过自己裸体的样子。他太注意自己的举止了。家里房子小，孩子又大了。甚至，晚上夫妻间的那事，都做得小心翼翼，非但反插了门锁，扯严了窗帘，而且，黑黑地捂在被子里，一点响声都不敢出。

老岳是活得有点压抑。

是压抑啊！老岳下午在班上时，就反复琢磨这个词儿。

后来，他就做出了那个决定。

他想回家看一看自己的裸体，仔细看看。

老岳就请个假，骑车回家。老岳知道这个时候家里是没人的。回到家，老岳先就把门反锁上把窗帘拉上。老岳激动得都有点难受。他站在镜子面前，开始一件一件脱衣服，脱到内裤时，他犹豫了一下。尽管在洗澡时多次做过这动作，但今天味道不一样。老岳终于就裸露了。老岳像一条光光的鱼儿。他站在那里，开始双手紧紧地拢在胸前，后来就放松下来。老岳开始转动身体，开始抬起胳膊，甚至还做了一个练健美的动作。之后，老岳开始在每个房间行走，光着身子行走，多么奇妙的感觉啊！老岳长长地舒了口气，把头朝着天花板，就不由自主啊了一声。

那个大胆的想法就在那一刻出现。

老岳想扯开窗帘，完完全全把自己摆在光天化日之下。

老岳为自己的想法怦然心跳！

他缓缓地走到窗前，犹豫一下，哧啦一声拉开窗帘！阳光就欢快地洒落进来。老岳就裸着身子沐浴在阳光里。但老岳很快就从极度兴奋转化到了极度不安，他没想到的事发生了！

对面阳台上出现一个中年女人！

那女人一愣，继而转身就不见影子。老岳就想，这下子完了！那女人老岳认识。一个碎嘴女人。

老岳开始为自己的举动付出代价。

那闲言碎语到了妻子耳朵后，老岳就意识到整座城市的人都差不多知道了。老岳想解释，可他根本解释不清。妻子是属于那种烈性女子，收拾一番后，就扬长而去。

单位是不能再去了。老岳受不了那刺激。有时候，人们的眼神也是会杀人的。老岳在所有熟悉人的眼神里躲闪得筋疲力尽。老岳索性就躺在家里。躺了几天后，老岳长长地叹了口气。觉得活着是没劲了，真的没劲了。

老岳想到死，就开始琢磨死法。在一个夜深人静的时刻，他爬上了一座六层楼的楼顶。在那楼顶上，老岳静悄悄地把衣服一件一件除去，边脱眼泪就簌簌地下来了。老岳就那样静悄悄地裸着身子站在楼顶边沿。在那一瞬，他觉出了世界的清澄。老岳有点恍然顿悟的感觉。

老岳没有跳下去。

老岳消失在城市的夜里。

许久后的一天，老岳的妻子被儿子硬拖着去看一个美术展。妻子突然就在一幅男人体油画前立住，一站就是半天。儿子走过来，一瞧，也呆住。

儿子悄悄地问，你看那像不像爸爸？

妈妈没有回答。

但妈妈的眼角湿润了。

野鹤

西楼楼侧口，新出了一道景观。

地上，凭空多了一只三角炉。上架一尊精巧的白铁壶，壶里自然是水。炉底烧的，不是蜂窝煤，却是碎竹片儿。炉旁，有一桌，桌上一柄紫砂壶。

这时，主人来了，鹤发，红颜，脸上可见笑容，手执一芭蕉扇，忽悠忽悠，扇向何处，不知道。又见一老者踱出，呵呵作笑，念“寒夜客来茶当酒，竹炉汤沸火初红”。魏局长，好雅兴呀！

那一位忙摆手，颜老，称呼错矣，我早已不是局长。

颜老稳稳一笑。

不知内里的人会问，这人是谁呀？西楼的人却都认识，那是昔日的魏局长，就是那个整日风风火火，时常在电视上露面的魏局长。现在，他退了。但人们见了，仍喊局长。他便不悦，年纪轻点的，他让称魏老。年纪大的，则要求直呼其名。他自己呢，干脆给自己取个号，叫“野鹤先生”。

这名字有讲究。

原来，他也开始写点文章画几笔墨竹了。文章写了，细细抄了，拿到报社去。一进门，编辑们都站起来，都认识呀。他却像是小学生，说，涂鸦之作，能用则用，不用弃之纸篓。当然就用几篇。他画竹，一律大写意，墨色一堆一堆。懂点的人，当他的面，会赞他有八大山人风范。一日，他觅到一个佳句，在宣纸上反复书写，曰“心如野鹤去尘远，文似冰壶见底清。”自此，每为文作画，总题“野鹤先生”。

颜老是西楼另一只野鹤。

颜老大野鹤先生整整一旬，却是骨骼健壮，轻逸非凡。颜老画马，画骆驼，皆受业内人士推崇。颜老今天的任务是看孙子。颜老前头走，背手，昂头，呵呵笑，眼成一道线。其后，孙子光净了身，只着一肚兜，也背手，昂头，呵呵笑，眼却滴溜溜乱转。

野鹤先生便邀其下棋，颜老回头，请示其孙，孙子伸出三个手指，只许三盘。于是，紫砂壶一撤，摆出棋盘来，叮叮当当，牛角棋一枚枚摆好，开战。

野鹤先生在位时，唯有颜老下棋从不让他。

三战，野鹤皆输，而且，最后一招，都是被颜老以卒将之。

野鹤收了笑，拿目直瞪棋盘，嘴角紧闭，额角渗出汗来。再下，仍输。不服，又下，还输。野鹤先生将棋一掷，说，不下了，没意思，老输。

颜老自始至终都挂着笑容，说，你只懂下棋，却不解其道啊！再要说，孙子跑来，说，我要尿尿。他便说，站了尿呀。孙子果然就尿，尿柱直直地刺出去，愈行愈远。他爷爷笑得喘不上气来，说，好家伙，尿得真远。

野鹤先生忽然就觉得很羡慕。

不知因为何事，西楼多日不见了那道风景。

又过几日，传出噩讯，野鹤先生仙逝，享年六十九岁。

怎么说走就走了呢？大家就问，没听说他有病根儿呀？后来就打听清楚了。原来，一日傍晚，野鹤先生刚要出门，竟见自己以前提起来的一个科级干部从对面房子里毕恭毕敬走出来。此人先前可是屡屡登他的门槛拜访的。现在，改成对面了。

对面，是新任局长的家。

野鹤先生一下躺倒，就再没起来。

颜老参加了追悼会，经过遗体时，看一眼，再看一眼，轻轻摇头。

出来，对了阳光，自言自语，真想做野鹤，却也是难事。

孝道

周六上午，楼道里出现个老太太。从衣服上能看出来，她不属于这座城市。她的举止同样证明这点。老人提着个篮子，篮子里是煮熟的鲜花生。她从一楼开始，挨家挨户敲门。

一楼西没人，东户打开。一个眼圈发黑的女人，狐疑地盯着她。老太太说："我是五楼的。刚从地里收的花生，您尝个鲜。"黑眼圈女人叫何小草。她用食指和拇指捏着下嘴唇："我怎么没见过你？"老太太解释："昨天下午，刚从乡下来。来看看儿子。"何小草点头："五楼那大胖子？他让你送的？"老太太赶忙说："不是，他上班去了。"何小草挤出一丝笑容："谢谢，我从来不吃花生。"

门关了。老太太的笑被挤住，呆愣半天，才上二楼。二楼西没人，东户打开。一个眼圈发黑的姑娘，狐疑地盯她片刻。姑娘叫鱼。还没等老太太解释，鱼就把眼瞪大："我刚睡着，拜托，别来烦我！"

门"砰"的一声关闭！老太太站在楼道口呆了更久。从窗口钻进来的光线，打在她半张脸上，几绺银发，在那沟沟坎坎的脸上，扫过来，扫过去。

她没去敲三楼的门。到四楼，停住，歇一歇。四楼东户的门一直开着，从里边飘出京戏声。她犹豫一下，伸出枯枝般的手，敲门。一个老头从厨房走出来，听她说明来意，眼睛一亮："哎哟，那得尝尝鲜。"说罢，小孩儿一样踢踢踏踏走过来。老太太的笑夸张起来，她把篮子递过去。老头边剥开一颗边说："太多，吃不下，吃不下。"不一会儿，老太太满脸笑容上楼。

老头是一所大学的教授，老伴儿去世，儿女极少来瞧他。不知为何，他家的门，即便是晚上，都是开着的。

从那以后，老太太经常下楼，找教授聊天。

不几天以后的一个晚上，有个胖子来敲教授的门。教授闭着眼睛，听《命运交响曲》。男人敲一遍，教授没听见，再敲，教授才从沙发上立起身来，笑着打手势请他进去。

男人手里居然拿瓶酒。

“是不是吵着您了？”教授有点儿不好意思。“不，挺好的。”胖男人举举手里的酒，“想跟你聊聊天，自己一个人，喝不下去。”教授点头：“可我没有下酒菜呀。而且，我不喝酒。”但教授还是走进厨房，端两个小凉菜出来。胖子自己倒酒，喝一口。教授把音响关闭，走过来，坐下，盯了不速之客看：“有事儿吧？”男人喝酒，吸一口气：“没事儿，就想找人说说话。你说怪不怪？手机上电话号码两百多个，从头到尾扒拉一遍，一个能说话的都没有。我大小也是个正科级干部，没想到混到这地步。——不提那些，我想跟你说说我母亲。”

“你母亲？”“就是来给您送花生的那个。”“哦，你有个好母亲。”

“是啊，我欠父母的，太多，太多。”男人眼里似乎有泪，“我们那地方，穷！只产石头，不长庄稼。我在家里是老小，上面仨姐姐。为了让我上大学，那可真是砸锅卖铁。给你讲个事儿，我们村儿后面山上，到处是马尾松。到了冬天，挂满炸开的像花一样的松子皮。”教授微笑：“那玩意儿可以烧火。”男人一拍膝盖：“对呀！城里烧锅炉的，就拿这个引火。我父母每个冬天都去山上，一个一个摘下来，再挑到县城去卖。一斤五分钱！有次下大雨，我母亲忽然一脚踩空，连人带那两袋松子皮一起滚下山！她的腿上，到现在还有一道疤。”教授叹口气。男人沉思良久，继续说：“去年，老父亲去世，家里就母亲一个人。我总算说服老婆，把她接来。”教授说：“是啊，该尽孝时就得尽。”

“可没想到，她一来，家里就乱了套。”

教授一皱眉头。男人晃着大脑袋：“教授，是不是天底下所有婆媳都是水火不容？唉，做男人难，真难啊！”教授看着他，半天未语。男人喝口酒：“你知道，我一个农村孩子，爬到正科级，没路子能行？那可全是依赖丈母爹在后面撑腰。”

教授把头抬起来，抱起胳膊：“有话你直说吧。”

“其实，也不是多大事儿。”男人吞吞吐吐，“这两天，老婆总拿一件事来挤对我，她说，我那老母亲总是往你这里跑——教授，我不是说你怎么着，那母老虎说话太难听。她说，我母亲一来，就耐不住寂寞。”

教授“呼”地一下起身:“请你出去!”

男人提着瓶子出去前，嗫嚅着:“教授，以后，您能不能，把门关上?”

门，依然无论何时都是开的。可有一天，教授回家发现门关了。他没带钥匙，只好找人来开锁。打开后，愣住了！那老太太站在里面。她说，她不小心把门带上，却不知道怎么打开。后来，教授习惯随身带着钥匙。

再后来，四楼东户的门也一直紧紧关闭。

写封信逗你玩儿

写东西的另一好处,是会收到很多信。有报纸杂志、用稿通知，当然，也会有崇拜者，写信来要跟你学习写作技巧。这会给你一种很作家的感觉。尤其，像我这样，在刊末报尾发了几十篇豆腐块，便感觉自己是文化人了。所以，非常珍视每封读者来信，除非实在忙，总要给人回的。

其中一封，已忘了如何回的，大约是谈谈如何走上写作道路，然后鼓励对方要坚持不懈，继续努力。信回过，也就放下。不想过一阵，对方又来信。这才注意原来是遥远的一座城市某大学的学生。

而且，是个姑娘。

信上说，咱们曾在同一本刊物登出照片，我觉得你非常像我哥哥。

赶紧找出那本刊物，一翻，果然如此。

姑娘长得实在无可挑剔，符合时下网络上流行的词儿，美女。这样，咱心里就不由得翻腾起来。给美女当哥哥，这总是一桩很惬意的事。何况人家喜欢写作，有共同语言。再退步讲，人家还称呼你老师呢。老师是容易当上的吗?

因此，再回封信是必要的，不回怕失了面子。人家会说你是要大腕，那影响多不好。于是就回。不久，姑娘又回信了。这次内容有了变化，称呼改了，直呼其名。而且，后头还解释，我觉得你没老师架子，倒真像是哥哥。叫你哥哥吧，又怕你觉得过分。所以，只好就这么称呼了？还问，你不生气吧?

我笑，心想，当然不会。

突然就觉得这意味有点变化。写东西的人，情感都很丰富，很细腻。而且，洞察力很强。面对一个像是和你撒娇的小妹，谁能生气?

信后面果然有了新进展，姑娘留下自己宿舍电话。说，你能给我电话吗？我想听你的声音。

这话的意思已相当明显。我感觉有个什么故事要发生。故事的进展似乎取决于我的回信，或者，电话。我的办公桌上就摆着长途电话。打个电话，是容易的事。可打不打，要费一番思量。早就听说，文学圈里发生这种故事，如家常便饭。几个写东西的朋友描述起这种经历来，眉飞色舞。让人感觉自己像是吃不到葡萄的狐狸。没想到，这事也发生在我身上。接下来会怎么展开呢？电话联系，然后再约定网上见面？现在的大学生视网络比亲爹亲妈还亲。钻进聊天室或者QQ，再遥远的距离，就如同在眼前。说不定，这种交往会顺理成章发展成一段网恋，然后，想方设法盼望一次见面。那城市我曾去开过几次笔会，要想见面，似乎也不是很费劲的事。

电话，最后还是打了。

那是快下班的时候，信里说那个时间她会在宿舍。电话过去，是另一个姑娘接的。姑娘一听我说出名字，马上让人感觉像是竭尽全力忍住自己的笑，然后，她喊写信的姑娘来。我们互相印证了对方的名字，便出现片刻停顿。姑娘首先打破沉默，问，你为啥给我电话呢？

我无语。

我的意思是，你出于对一个初学写作者的关心，还是因为我是个美女，心里有想法？

我的汗可能都快要出来！这时，我开始后悔打这个电话。而且，对自己和许多所写的东西一样，带有一股或多或少的虚伪的真诚，而无法原谅自己。我完全可以骗自己也骗对方，说纯粹是出于一种朋友交往。可我那目的纯粹吗？怎么能马上把自己几秒钟前想象的东西一下抹去呢？我唯有沉默。对方也似乎起了伤感。半天不语。

不一会儿，电话那头传来一阵再也忍不住的笑声。那绝对不是一个姑娘发出来的。直觉告诉我，那几个姑娘刚才都趴在电话机旁边。或者，她们在共同听我的声音也说不定。

过了很久，我试着淡忘那个电话。姑娘却再次给我来信。信的内容很简单，她说我得谢你，因为你给我提供了狠宰她们的机会。我们先前对你写的那些东西都很崇拜。写第一封信时我们就打赌，只要你回信，她们就请我吃麦当劳。后来，又打赌，只要你给我电话，我就可以和他们一起去蹦迪唱歌而不用AA制。这些都兑现了。而且，我从你的沉默瞧得出来，你打电话的目的并不很清纯。再告诉你一件事，那刊物上的照片是宿舍另一姑娘的，我本人丑陋不堪。但这阵子，我成了收到信件最多的人，并且，所有来信者都是男的。最后她说，她很失望。

我把信读了三遍，然后笑。

想想，是挺有意思的。

枪毙

和老同学国栋大约有七八年没见面了。

这年头大家都忙，具体忙什么也说不出个头绪。我一毕业就开始和一帮孩子结缘，除了送走一批又一批学生，就是闲暇写点文章。到现在还是浑身粉笔沫子味。可国栋现在出息了，都当局长了。

瞧瞧人家混的。

那次聚会是很偶然的。

谁发起的我现在搞不清，反正有人提议，说叫上宗老师吧，成天家连个酒场也没有，嘴里都淡出鸟来了。所以捎带着叫上了。

没想到竟在酒桌上碰见国栋。

当然得叙叙旧，叙完，开始喝酒。国栋的酒量奇大，大约是这些年锻炼出来了。大家和他喝，他都来者不拒。我想我们俩是抹鼻涕穿开裆裤一起长大的，这酒自然也得喝吧？而且，要喝出感情来。遂主动出击。可没想到国栋的态度清汤寡水，只是把酒杯沿沾沾唇。咱就想，这真是，地位不同了嘛。

可事情并没有就此结束，大约喝到中后场，国栋却把我单独叫到一边。

国栋就说，老宗，还写小说？

我搔搔头皮，啊，闲着也是闲着。

很好。国栋一点头，腮帮子上的肉就跟着哆嗦。却突然说，你们这些写东西的文人，整天就跟看破红尘似的。你写的好几篇小说我都看了，好是好，就是有点那个，你又没在官场上混，怎么老是写官场上的事儿讽刺人呢？

我有点转向，就笑着说，怎么，触你这大局长的忌讳了？

国栋将肥胖的大手一晃，瞧你说的，我是说你写的那些贪污受贿巴结领导之类的，那素材都是从哪里搞来的？写得就跟真事儿似的。

我一时不知说什么好，甚至还觉得有点不好意思。就是嘛，你一个人民教师，怎么能老是写那些个东西呢？又解决不了啥问题。

国栋沉思一下，又是哧啦一笑，你这个老宗也真是，咱们小时候玩的那些游戏，到现在你还记着，而且，还把那事儿跟孩子拉扯到一起，你觉得这样有意思吗？

我算是彻底迷糊。我说，国栋局长你把话说清楚点行不，我咋就听不懂呢？

国栋拿眼睛盯我半天，突然站起来，伟人似地挥一下手，算了吧，咱们去喝酒。刚走出半步，又扭过头来，悄悄说句莫名其妙的话，老宗你放心，我那点子事，现在还够不上枪毙，你说是不？

于我来说，这酒喝得就很没意思了。我弄不清在哪个环节得罪了老同学国栋，而且，他再也没给我弄清的机会。

这事过去许多天，我都在仔细琢磨，可就是找不到答案。

有一天，我突然想起来，儿子说过，他和国栋的儿子在一个班。我把儿子叫到面前，问他，你跟国栋叔叔的儿子都说过什么话？

儿子大惑不解。

这话题对于一个孩子来说，显然还太深奥。

我引导他，比如，做过什么游戏之类的？

儿子想了想，扑哧一下就笑了，说，子豪（国栋的儿子）胖得就跟皮球似得，每次做游戏，他都演坏蛋。

我也笑了，小时候，我和国栋做游戏，演特务的那个总是我。那时，我特别笨拙。真是三十年河东，三十年河西。我说，你让子豪当特务？

不是，子豪是个大贪污犯，我是反贪局长，同时还是公安局长。每次我都抓住他衣领子说，我代表人民，代表政府，枪毙你！啪！

我一下子明白了。

明白之后半天没说话。

有天晚上，我做了一个对国栋局长来说更犯忌的梦。国栋被两个穿制服的人押着，往大卡车上走。车上有人抱着冲锋枪。国栋站到车上时，两只眼睛突然向我直逼而来，突然冷冷地说，都是你惹的祸。我有口难辩，我想说，怎么能怨我呢？只能怨你自己。车就奔起来，过了半天，天边就响起了枪声，啪！

我一下子惊醒过来！

琢磨半天，自个儿就笑了。

我是患者

这桩事儿说到底该怨米罗他自己。有一类人老是爱琢磨事儿。这是优点，同样也是缺点，表明这个人多少具备一点小聪明，又表明他心里没底，缺乏自信。米罗就是这样的人。按理说，米罗生活得相当不错，有一份好工作，一个温柔漂亮的老婆，还有一群铁得嘣嘣响的朋友，可这一切却依然改变不了米罗爱琢磨事儿的脾气。

那天，米罗展开手头报纸的一刹，一个说不上好还是坏的念头就蹦出来。一产生那个念头，米罗浑身就激动得像触过电。触过几回电以后，他开始付诸行动。

米罗走进办公室，尽量做出垂头丧气的样子。他甚至还想从自己的眼里挤出几滴眼泪。他说，我患肝炎了！

他的那五个字立马就镇住办公室所有的人。

大家都傻愣愣地看着他，在数秒钟之内，谁也没说话。

正在打毛衣的玛丽女士声音都有些发抖，这，是真的?！米罗在心里暗笑，只有他俩人最清楚，就在昨天某个办公室里没人的时间，他们还激情澎湃地接过一次持久性的热吻。玛丽的视线就直了。

终于，有一个人站起来。是老朱。米罗平日里的死对头。两天前还跟米罗吵过架。老朱说，怎么可能呢？这么棒的小伙子。说着，还装模作样拍拍米罗的肩，以示同情。

接下来，一切如同米罗所想。第二天，所有的同事就分头神神秘秘进了医院。米罗强忍着笑，静静地关注着这一切，他准备在所有人都查过之后再公布，这仅仅是一个恶作剧。

可事件出现一个大转折。没想到，这一查，倒真正查出一个肝炎患者来，是老朱！

而且，事件继续有条不紊地向前推进。米罗悄然发现，所有的人开始与他拉开距离。有一次，他在门外清清楚楚听到玛丽说，今天我请客，都到我家去吧。他一进门，就没了声音。而在从前，玛丽总是第一个同他打招呼。

他还敏感地注意到，办公室里的人开始包装自己。首先，大家每天早晨一进屋，不是先从饮水机里接杯水泡上茶，而是换成瓶装的矿泉水。并且，每个人的桌面上都出现一台电话机，下班之前，都锁进自己的抽屉里。

而老朱，一查出病来，就根本没见他的影子。这就是说，他们这一切准备，都是来防范米罗的。

这可是米罗始料未及的，但他真正没料到的事还在后边。

那天下午，他刚到大门口，就见一个女人疯了一般冲过来，嘴里还骂，你这个狗日的杀人凶手！米罗伤痕累累地逃脱那女人之后，才知道她是老朱的老婆。米罗知道那女人是谁后，悄无声息地吐出一句话，真的不是我传染上他的！

米罗伤感极了。伤感极了的米罗终于像落水者看到一根稻草一般看到了一线光明，他要到医院去，他要让事实说话。

等候化验结果的时间，仿佛在等候一个重大宣判。米罗一直就在医院前面那条街道旁踱来踱去。结果让他一下子跳起来，他果然没有病！

走进办公室时，米罗觉得自己的身体像是充满气的气球。

米罗站在屋子中央，挥了挥手中的化验单。

米罗宣布，我根本就没有病！我是骗你们的。

但是并没有人像米罗想象的那样走上前来，仔仔细细看一看，然后回转头，说，你们瞧，米罗真的没有病！所有的人都默默地坐着，抬了头，故作不解似地瞧着他。米罗一下子觉得真没意思，那情绪就不似刚才那般饱满。

待米罗去了一趟厕所回来以后，立在门口，突然听到玛丽低低的声音，他以为能骗得了谁呢？他二姨就在医院工作，什么证明开不出来？

米罗彻彻底底地失望了。

夜里，米罗做了一个梦。梦见医生递给他一张纸，冷冷地说，肝炎！米罗一下子直立立地站起来，叫着说，这不是真的！不是真的！老婆被吓了一跳，一下子把灯打开。一向温柔的她今天却嘟囔了一句，黑更半夜你吵什么呢？有病！

夸父①

1954年，河南灵宝

我能不能谈谈我的观点？教授。学生问。

老教授衣衫褴褛，正眯着眼睛，注视那块斑驳陆离，却完整无损的《夸父峪碑记》，点头，说说看。

我觉得，夸父是群体，泛指，而不是单个的人。老师您看，据史料记载，黄炎二帝作战，炎帝走败。作为其分支，夸父部落回撤至我们现在所处区域，其时正值天气大旱，部族成员大都干渴而死。

不，我还是宁愿把夸父看作一个人。教授打断学生的话，是一个人呵！如果是群体，那桃林如何解释？

桃林是夸父的手杖所化。可，那是真正的神话传说。

是传说。教授自言自语。肌肉发达健美的夸父，手持一根竹杖，目光炯炯，注视太阳，健步如飞，震得大地怦然作响。后来，他终于追上了太阳，他该是发出了一个惊天动地，酣畅淋漓的吼声！但是，他渴了。他喝干了所有的水，你听，咕咚咕咚，大河的水一线一线下沉。但还是解不了夸父的干渴。这位英雄最后扬手一掷，手杖化作桃林。他却变成了一座山。

这是英雄主义。学生说。

当然，教授盯着他的学生，我们的传说大都是英雄主义，浪漫色彩。这是人类的精神支柱。夸父是人格化的神，或者神化的人。

学生想说什么，嘴唇动动，不再分辨。

学生去看碑的落款：道光十七年。

1967年，北京某校

记得夸父吗？学生问。

教授不语，看墙角。

学生挽挽袖子。我还是坚持己见，夸父是一个群体。只有它是个群体，所有传说才能得以印证。逐日渴死的那个夸父可看作其部落一员。《山海经·海外北经》记载“一博父国”，就是指夸父国，分明是个群体。而桃林，可看作是氏族的图腾。

教授微笑。这时节，你能和我讨论这种问题，我很荣幸。但，我依然认为，夸父就是一个单独的人，不是群体。

你在搞个人崇拜！知道不？你消解群体的力量，极度膨胀个人欲望！

教授依然笑。言重了。

学生挥手，另外几个带红箍的年轻人走进，把教授带去，再架回，教授的一条腿便折了。

教授软软瘫在当地。

学生伏下身，你说夸父是一个人，还是群体？

教授牙齿咬着，嘴角仍然挤出一丝笑，我觉得，他，就是一个人。

学生盯看教授半天，嘿地笑了。笑过，伸出右脚，踏在教授的瘸腿受伤部位，边踏，边问，知道浪漫主义和现实主义的区别了吗？

1984年，河南灵宝

教授拄着拐杖下了大巴车。车玻璃上，写着，“河南大学中原神话调查组”。

几个姑娘小伙围在教授周围，搀扶他，簇拥他。教授挥挥手杖，笑，知道吗？当年，夸父就这样拿着手杖，在大地上健步如飞，追赶太阳。学生们连连脆笑。教授欲作奔跑状，可惜他不能健步如飞，他一条腿已化作假肢。所以，摇摇晃晃，几欲跌倒。

他们来到那石碑前。

那碑残缺不全，上边两角，有增补痕迹。

教授抚摸良久，长叹，未语。

有年轻人过来，老教授，现在我们调查出许多版本。关于夸父之死，以及夸父峪八大社与夸父营的纷争等等。我想问您个问题，您认为，夸父是一个人呢？还是一个群体？

教授胡须一抖。

教授伸手摸一下他的残腿。

然后，教授微笑。

教授说，年轻人，自己琢磨一下。

2000年，北京

教授仰躺在树下藤椅上，似乎透过重重叠叠的树叶看天，天上，太阳很耀眼，教授只能眯眼。其实，教授也懒得睁大眼睛。他几乎不能动弹。

教授眼睛的余光捕捉到自己重孙子的身影。

重孙解下耳朵上的耳机，嘴里，嚼动一块口香糖。

重孙却把头伸到教授耳朵边，老爷爷，我们班要举行一场辩论，你说好笑不好笑，辩论的主题是，夸父究竟是一个人，还是群体？我选择了群体。您曾研究过这个问题？能不能帮我？

他的话还没说完，就吃惊地看到，教授的右腿，骤然哆嗦一下！

然后，教授一动不动。

眼睛慢慢闭上。

再没起来。

注 ①：夸，大也。父，美男子也。可体现其氏族人的体质、性格和疾行善走等特征。

左手日记

×年×月×日

从今天起，开始左手写日记。同时，为我一系列行动奏响序曲。

是的，这是有点儿怪异，或者说，诡秘。但人总得想点新鲜事儿吧？

我张开双手举到面前，端详它们半天，扑哧笑了。

真奇怪啊！这两个看上去相貌一致的家伙，它们究竟有什么牵扯？双胞胎兄弟？互有感应，互相取长补短？那么，一根手指被针扎，另一只手同一根手指会感到疼吗？真是一系列好问题！

我急忙去针线盒寻一根针来。（自那女人离我去后，我不但学会了烹饪，而且能够穿针引线。嘿！这证明我还不笨。）毫不犹豫刺向右手拇指，果然，左手拇指骤然疼起来！我随即对右手宣布，我要判你死刑！

以后，谁也休想让我使用右手！

左手写日记，这难不倒我。

×年×月×日

右手闲置很久了，左手写字已经很流畅。下一关却不好过，怎么才能使身体重心转移到左腿，直到完全不依赖右腿呢？从理论上讲，根本不可能！除非你使用拐杖，或者金鸡独立、单腿跳。但我没有灰心，开始在院子里封闭式训练。切记要领：身体重心全在左脚底，右脚尖离地，离地，再离一点儿，就像蜻蜓点水。

实验的结果是，我需要一只拐。

那么，另一条腿会逐渐丧失功能吗？会彻底变成瘸子吗？很具讽刺意味吧？哈，一个腿脚根本没毛病的瘸子。

返回头来想，你且打量这世上人，哪一个不是瘸子？思想上或灵魂上的。

×年×月×日

幸亏在眼睛上不需耗费心思。我左眼视力优良，右眼却形同虚设。假如配近视镜，会很可笑，左片是平面，右片却是厚厚的酒瓶底。当初，如果戴了那样一副好眼镜，那女人肯定不会选择嫁给我吧？我还从没见过一个女人骂起戴眼镜的男人，像她那样恶毒。你说我恨她？从来没有，直到现在我还爱着她。

我现在需要的是一副普通眼镜，用黑漆涂抹右边镜片，或者，用不透明的纸贴住。数日之后，它也就会真正瞎了。做个独眼龙，也不算坏事。要不是我担心去厕所掉进坑里淹死，或走在马路上被车撞死，我真希望一对招子通通报废。

据他们说，土耳其宫廷的大师级细密画家，都是瞎子。

真正的大师作画，根本用不着眼睛。

×年×月×日

我把整面脸都练得发麻了，还是没办法用一个鼻孔喘气。

你不用一根手指去压着，就根本不能让一个鼻孔努力工作，另一个却抱着膀子看热闹。用手指的尴尬在于，拿左手会把嘴巴挡住，让人以为你患了丢人的肝炎。而用右手，就违背了我一开始咬牙切齿的话。如此艰巨的任务，完全交给左手，也不太现实。显然，以手制鼻的办法不可取。那就只好强行关闭，塞个棉球进去。

一个鼻孔，决不至于憋死。

何况，还有嘴呢？

呼吸居然比以前更加顺畅。

×年×月×日

你果然猜到，我要准备对耳朵下手了。

有很长一段时间，我渴望自己变成一个聋子。我实在忍受不了这世间嘈杂的声音。尽管，曾有人狠狠地扇我右耳数次，（感谢老天爷，那小子是左撇子。）但它居然丝毫未受损伤，只嗡嗡抗议一番作罢。非但如此，好像还起了反作用呢，现在，就是这个耳朵，让我夜不能寐。哪怕一根头发坠地，我都以为是雷声轰响，立刻自睡梦中醒来。

让一只耳朵下课，比堵截一个鼻孔还难。棉球不管用。我想出一个好办法！用橡皮泥。

你看，问题不就解决了？

×年×月×日

这个样子走在大街上，感觉很踏实。

我把所有的都左移了。

这个人，不会伤害任何人。以前不会，现在更不可能。

×年×月×日

非常可怕！非常可怕！

人就不该有思想，所以，傻子要比正常人活得纯净。

就在那一瞬间，我感觉如坠冰窟。我发现了我的可笑。我做的这一切都是表面现象。那么，“骨子里”呢？“血液里”呢？你改变的，只是形式，而本质没有变化！

何止如此？形式也不彻底。

人身体上左右对称的部位太多。你拉开肚子上那扇门来看看吧，肺，肝，都是对称分布。再往下，还有肾呢？还有，裤裆里挂着的让人难以启齿的劳什子。怎么终止它们的功能？这像是孩子身上哗哗流淌的血，跟你有了剪不断的关系，任何协议或者合同都解决不了。

你怎么那么笨呢？

我的头好疼，脑子一片混乱！

对了！还有大脑，不是也左右分么？你使用左手，不恰恰锻炼右脑吗？

×年×月×日

我躺在一间到处都是白的房子里。清醒的那一瞬，我看到一根针管扎在我左手手臂上。我忍不住微笑着，开始勾勒我的日记，我的虚幻的左手日记。我沿着一条清晰而又模糊的线路一路想下来，直到头痛欲裂！终于，我感觉自己已经昏迷。而且，我身体周围，弥漫着一种幸福氛围。我看到了花朵，一簇一簇，艳丽无比。

我死后，他们会给我建墓碑吗？

会在碑上刻什么字呢？

我浑身猛地一悚！会不会刻上：瞧，这个人！曾经是个右派。

不至于这么荒诞罢？

埙

A

走出家门口时，他悄然舒了口气。他想去买点酒菜。看到她的眼神及深陷的嘴角，他觉得该寻一种情绪来冲淡一下那种郁闷。走在阳光喧哗的街道上，额头仍有疼痛不断袭来。两个卖菜的对骂着秽话。卖肉的腮垂着，手上迟钝的砍刀有气无力。回来，楼角蹲了一只脏兮兮的狗，哀怨地盯了他瞧。

女人依旧蜷在墙角的阴影里。听他回来，似乎浑然不觉。他站着，一笑，说，我买了酒，还有肉。女人抬了头，为什么？庆祝胜利？他呆住。

别拿那种眼神看我，你的埙呢？我想听，现在。

他仍站着。

求你了。她说。

再出来，他的手里已多了一枚梨状绿泥陶埙。他在那束光影里坐下，面对了阴影中的她。那种神秘、空灵的声音响起时，对面阴影里有了缭绕的烟雾。她什么时候学会抽烟的呢？他想，但想不确切。埙之为器，立秋之音。他多次提及这话。他对埙的喜欢程度近于疯狂。

女人长长地吐了一口烟，喃喃道，我听到立秋之音了。

B

你真的爱我吗？

一缕晨阳注入房间的时候，他猛地醒来，首先便见了她红红的眼睛。

他并未反应过来。问，你说什么？刚才。她没有重复。只是说，我对那种感觉充满怀疑。也许，我们一开始，就是错误。他揉揉眼睛，神志重又恢复痛苦。

以后，你会那样对我吗？

他猛然坐起，你说什么？你以为我那样做是为了我自己？

你让我觉得恐怖。实际上你早想摆脱她，我的出现给了你借口。现在，我觉得和你在一起，充满了危险。

他揪着自己的头发，天，难道这就是我们之间爱的一切？我原以为，我摆脱一个梦魇。没想到，这会是另一种痛苦的开端。

别跟我谈爱。我觉得它丑陋。

他盯着她的眼睛，你要离开我？

你觉得我们在她的影子下会幸福？

他静静地站起，走向门口。他的背影在她的眼睛里面扭曲、跳跃。许久，房间里溢满了令人恐惧的静寂。那幽幽的埙声起来的时候，女人哆嗦了一下。女人的脸深陷进杂乱无章的头发。牙齿咬紧了嘴唇，再抬起头来，唇已然破裂。血渗出来，沿了下巴，静静地淌。突然，她站起来，迅速地跑出去。

她叫喊起来，我讨厌那种声音！

埙声悄然而止。一声叹息传过来。

女人拉门出去的时候，站在那里愣了半天。她说，总有一天，警察会知道一切的。

为什么？

因为，灵魂。

C

天黑的时候，男人确信，女人已经从这座城市，从他的视线中，永远消失。

此刻的男人站在一个路口的书报亭旁。问那个胖女人，今天的晚报有吗？然后，他在旁边的小摊上买了一包价格不菲的烟。想想，又买了打火机。当场燃了一支，呛得他弯腰咳嗽好一阵子。直起身来，他问一边面带微笑的男人，兄弟，你相信爱情吗？那人一笑，相信怎样？不相信又怎样？他愕然，然后，笑。

他离开那里的时候，顺手摸出了那个埙。那个伴随了他十年的埙发着幽幽的光。他说，送你吧。那人接去，很诧异地瞧着。这古董很值钱吗？

他笑了。转身离开时，那人吹出一个很难听的音符。

D

他的面前坐了一个瘦骨嶙峋的警察。

——我的妻子瘫痪了十年。她曾经一度想自杀。但我没有让她成功。因为，我曾经那么爱她。直到另一个女人出现在我面前。我们的爱同样也是发生在灵魂深处的。共同的悲惨经历使我们对那种神秘的乐器产生浓厚的兴趣。那种感觉像毒瘾一样缠绕在我们身上。我们爱得非常痛苦。为了让那种痛苦化为欢乐，我做出了一个无法饶恕自己的举动，我毒死了我的妻子。其实，我妻子早已学会用眼睛读懂我的一切。在我递给她那毒药的时候，她笑了。她说，老公，谢谢你。

你明白我的意思吗？他问。

E

男人戴着手铐，走进一个大门的那一瞬，身后竟突然响起了埙声！他猛地转回了身。烈日，毒毒地照着，空空荡荡的大地。很远很远，有个女人静静立着。像是她。仔细一瞧，却又不是。

教授

教授在看电视。可是电视演的什么内容，他一点都不知道。对他来说，那只不过是一些影像，在眼前动。他突然伸出双手，捂住了脸！片刻过后，开始抖着手去找烟。点上了，狠劲地吸几口。屋子里顿时烟雾缭绕。教授脸上却有了泪。

他自言自语："你不配做教授！一个灵魂如此肮脏的人，怎么可能站在讲台上口若悬河？"

教授站起来，踱进卧室。床头对着的那面墙上，有张巨幅照片。他在那儿，半天没动。突然，他冲着那张照片跪下了！窗户没关，风卷起窗帘，教授额角有几丝白发，在风中飘舞。

"你死的那天，也是星期天。每当这个日子，我都会这样跪在你面前。我不断地问自己，什么是高尚，什么叫卑鄙？一个人，要经历如何洗礼，才能变得纯洁？跟文化肯定没关系。道德、伦理，这些词儿经常挂在我嘴边。我是教授啊，报纸上评价我，说我德高望重。很可笑，不是吗？现在，我祈求你的宽恕。你是个渔民，你没文化，出那事儿之前，谁知道这世上还有一个你？"

有人敲门。门其实没关。灵魂死掉的人，门已经是虚无。他不在家，门也是开的。开着，意味着已经关闭。

他缓缓地走到卧室门口。门外站着一个女人。一开始，他以为是一楼那个神经兮兮的何小草，但不是。是个女人，不是姑娘。他一直寻找她，寻找这个姑娘。可从没想过，那事情会让一个姑娘转眼间变为女人。他们对视很久。女人走进来。

"还记得我吗？教授。"女人在沙发上坐下。他取来纸杯，接了水，放到茶几上。“是啊，记得。”他的声音很奇怪。

“我曾是你的学生。”

他的头猛地抬起！

“听过你两次讲座。”

他的眼里再次出现祈求。

可女人还是说了。女人掏出一包烟，并没让他，独自点上一支，呼出一口气：“你给我们讲人性，讲伦理、道德，头头是道，很精彩。是啊，很精彩。我和许多人，都给你经久不息的掌声。”

——求求你！

“没想过我会来找你吧？连续几个晚上，我在楼下走来走去。我的包里有把匕首，很锋利。只要我上楼，我肯定让它钻进你的胸口！”

“那刀子，你还带着吗？”

“不，对你已经不必要。因为你是有思想的人。有时候，思想也会杀人。”

“我一直在等你，找你。”

“找我？”女人笑，“找我来杀死你？不，我想清了，我要杀的不是你，是那两个男人。我真的找到了他们，那把刀子，用在了该用的地方。”

他呼吸急促：“你，你杀了他们？”

“我比你有勇气，而且，还有条件。我是女人啊，但我不是懦夫！他们觉得这很有趣儿。为了杀死他们，我陪他俩睡了整整一个星期。”

他的手在哆嗦！他狠狠敲自己的头。

女人语气舒缓：“然后，一个星期天的晚上，他们喝下大量的安眠药——还想听吗？”女人看到教授蜷缩着，跪在地上，“你害怕血，对不对？我知道你怕。你那天转身离开的时候，从你的眼睛里，我看到了这一点。”

“求求你！别说啦。”

“我怕你会忘了。同样也是个星期天，对吗？我们都在那座山上。可那一天，我的命运突然发生改变。山路上，两个男人截住我，要我身上的东西。我给了，可他们还想要别的。你都看见了，他们还想要！我像一条快死的鱼一样裸着身子躺在草地上，你出现了。我看着你，我大声地喊，救救我！！可你呢，教授？”

教授发出呻吟声。

女人一字一顿：“你转身走了！”

房子里的空气，令人窒息。

女人低着头，沉默半天，然后说：“我给你带张照片来，看到了吗？这个人，从漩涡里救出了六名游客！他死了！可那六个获救的人，从此一个也没出现过。即使是他长眠地下的那一天，也没一个去看他。甚至，没人出来，讲述当时的情景。教授，这就是你在课堂上为我们描述的美丽世界吗？我刚从他家回来，我不是被他救的人，可我，在他的坟前，跪了整整一个下午！”

教授捂着肚子，伸出一只手，哆嗦着，指指卧室。女人慢慢走过去，她的目光沿着屋子转了一圈，落到墙上。客厅里，他伏在地上，看女人带来的照片。

女人出门的时候，他问：“你去哪儿？”

女人没有回头，却反问：“你说呢？教授。”

乡村

哈酒

写小说的老宗，是回老家过年的。

老家在农村，既偏，又远，倒腾三四趟车才到。老宗媳妇自从跟他领了结婚证，就再没去过。她说她害怕老宗家栏里那头猪。农村人上个厕所，得去跟猪争地盘儿。城里的老宗媳妇跟猪斗过几次，彻底投降。

老宗现在也斗不过那猪。

但你却不能因为这就不回家过年呀！父母在老家，还有一大堆的七大姑八大姨，不回去，说不过去。

过年当然得哈酒。

老家人管“喝”叫“哈”。

老宗酒量还成，那是在城里头。回到老家，就彻底蔫了。城里头哈酒用高脚杯。主陪带一杯，副陪再带一杯。好啦，展开。一般来说，一个酒场哈多少酒，心里有数。老家人哈酒用酒壶、酒盅儿。不起眼儿的小酒盅，一开始根本瞧不起它，可哈起来，就不好明白计数。忽悠忽悠，哈高了不是?

老宗哈高好多次。后来，每次都对小酒盅心存戒备，结果还是吃亏。

何况，这几天，酒局安排得密不透风。

在城里，老宗连根葱都算不上。比他有本事的，一砖头砸好几个。但一回到乡下，就算个人物啦。村里在外头混成能人的，也就三五个。老宗稳占其一，但名次不靠前。县委看大门的王麻子、县府招待所干领班的凤丫头，都在老宗之上。老宗虽在市里，在乡人眼里，却只在三四名上下浮动。论交际能力，他还很嫩。文人发疯有一套，你让他要手腕、跑门子，直接不行。

老宗倒是赚个实在的名声。

村里有到市里的，找到老宗。他总是竭尽全力。多数办不成。就想法弥补，比如把来人灌个烂醉。这人有个好处，不摆臭架子。事儿办不了不要紧，你得有个好态度。

还有一点，只要在老家哈酒，老宗从不耍赖。这样，每次都很狼狈。只有年三十晚上那场不累。跟老爷子，爷俩对着头，不必分主宾主陪。关键是，跟自己老爹哈酒用不着斗心眼儿。

初一那天晚上，就不一样了。

老宗的几个本家叔伯、堂兄弟一年一度，汇聚一堂。

这次酒局设在老大家。

一开始，几个兄弟都有点儿拘谨。一个个双手插在两膝中间，搓来搓去，貌似很沉稳。老大先发话，咱老少爷们凑一块，废话不说啦，一个字儿，哈！咣当咣当，一气带了十二个。说是带一年的酒。老宗闷着头，哈酒，吃菜。他怕一不留神，嘴里溜达出后现代主义来。那不要彪吗？

接下来，老二带酒，老三紧随其后，老四不甘示弱，吱溜一声，一滴不剩。

老大这时建议，先歇一歇，给老爷子们端个酒。众人积极响应。老四酒量最差，脸红了，舌头拧着，咋呼得倒最响。晚辈太多，一个一个挨着敬，几位年纪高的受不了。于是推选老大作代表。恭恭敬敬起身，斟满酒，亲手递上。长辈此时面若核桃，笑一声，好儿子啊！没白拉扯大啊！用手掌平托着两个酒盅儿，另一手慢慢捏起一个，送到嘴边。

老宗觉得很温馨。

多好啊！这才叫过年哪！

这边，开始捉对厮杀。老宗开始话多。话题主要在猪啊羊啊鸡啊，以及地瓜、玉米棒子上。一副不耻下问的样子。关键是，他想与别人沟通，就得主动去找话题。

混战开始。老爷子们知趣地撤离现场。

老大跟老四划拳。嗷嗷直叫！

老宗主动出击，挨个喝两盅，脑子就开始生锈。好几次，文学词语开始随着酒嗝出来遛腿儿。再后来，彻底刹不住车，开始大谈官场腐败，大谈萨达姆、本·拉登。

大谈什么都无所谓啦，反正都晕了。

高潮在这时如约而至。

老四跟老三先出现争执。

老四认为，老三酒盅里还有数滴，可以养条鱼。老三左手捏着酒盅，像举个话筒，冲着老四的脸，我要没哈净，我就是这个！他右手五根手指在桌子上爬了一下。老四一拍桌子，别耍流氓！你一贯这臭毛病！老三把酒盅摔到地上，你个王八蛋，你骂谁呀？老四还击，是你先骂人，还是我？

哈酒前一直闷不做声的老二，挽了挽袖子，霍地一下站起来！你俩要哈就哈，不哈都给我滚蛋！

老宗瞅瞅这个，再看看那个。

一股尿意冒出来。

他踉跄到猪栏门口，一下煞住身形！居然还能记起曾受过猪的欺负。片刻之后，老宗不怕啦！他嘟囔着，我可哈多了，最好别惹我！但老宗一推门，迅速撤回。栏内分明夹杂一股浓重酒味。看来已不止一人捷足先登，且翻江倒海。

老宗还是斗不过猪。

他怕那猪也哈醉了。

老宗正在墙角奋力把尿尿得更直，更远，屋里已乒乒乓乓起来。吵闹声中，居然还有女人！嗒嗒嗒，炒豆子一般。老宗分不出是谁家婆娘。

他悄声说，跟没文化的人哈酒，真累啊！

可就在一瞬之间，老宗莫名其妙心里一疼！他很清楚，老三和老四从小就这样。哪怕今晚抓破脸，明日照样头对着头哈酒。老宗也很想和从前一样，跟他们打啊，闹啊，拍桌子啊！可做不到啦！

他现在属于另外一个世界。

老宗摇晃着身子，抬起头，目光投向越来越远的漆黑的天空。

有零星的鞭炮声传过来。

吕旦

山东也有地方戏，而且还不少。能称为“鲁粹”的，是吕剧。小时候，我很喜欢吕剧。大了，也喜欢。

那时，村里人都能来那么一两段儿。我家，就有好几个人能唱。我四叔，二姑，三婶，唱得都还行。当然，比人家名角李岱江、郎咸芬差点。年前年后，几个乡亲，自发地一合计，一个业余小剧团就成立了。家什几乎每家都有，从墙上取下来就是。也不必排练，就几出小戏，《小姑贤》、《李二嫂改嫁》、《王定保借当》、《墙头记》，词儿都熟得不能再熟，情节简单，人物也不复杂，谁都能领衔主演。戏台一般搭在场院里，四个角上，挑几盏马灯。锣鼓架子哐喳喳一响，开始。

我还是孩子的时候，喜欢闹，人越多越好，场面越乱越来劲儿！最好有人出洋相，比如，几个演衙役的，随着锣音点，叮叮哐，叮叮哐，咚！俩人面对面撞一块啦！稍稍大一点儿，开始喜欢主角。先是喜欢男的。“马大宝喝醉了酒啊忙把家还，只觉得，天也转来地也转——”嘿，好玩！

后来喜欢女的。

男孩子一般都这个过程。

这喜欢，就不怎么纯粹。很朦胧，很潮润，既矛盾，又幸福，丝丝拉拉的。有时，弄不清楚自己喜欢戏里的人，还是那唱戏的。现实中人，大多熟识，一化妆，咦，不一样啦！举手投足，无边风流。

于是，多了样爱好，到后台，看化妆去。孩子嘛，女人也不躲避，当你面就换衣服。急了眼，照你头上一拨拉，去，一边玩去！

那回，邻村来个剧团，搞巡演。我们几个孩子照例钻进后台。突然，发现一件更刺激的事儿！演李二嫂那人，居然是男的！

在刮胡子呐!

怎么会这样呢?那飞波流转,娇滴滴的声音,还有,那兰花指?男的?这感觉复杂了,有点喜欢,有点讨厌,还有点恼。

要说的人,就是这唱旦角的男子。

我们邻村,叫吕匣店,村人多姓吕。男子也姓吕。据说曾进过县吕剧团。不简单啊!比我四叔他们剧团高级多啦。一炮走红,不但全县到处转,而且还能弄个正式演员当当。后来明白了,这人永远甭想转正,他是被撵回家的。

作风问题。

不是小事儿啊!

男人细皮嫩肉、唇红齿白,标准一美人坯子。县团有个一线小生一眼相中他,盘算培养个接班人。后来,不对劲儿!这小子一翘指,一张嘴,浑身上下就氤氲着女性气息!小生忍痛割爱,将他推荐给一个女旦。

出乱子了!没几天,就让女老师那打篮球的丈夫打个半死!

事后澄清,纯粹误会!

男人姓吕,唱吕剧,又是旦角,因此,团里人称他吕旦。这外号不雅,听不仔细,像是驴蛋。但他不介意。

吕旦谈过一次很艰难的恋爱。

剧团有个女孩儿,崇拜他,后来,近乎痴迷,整天围着转啊转,就转出火花来。直到女孩爹妈介入。老两口搞了次暗访,去看演出,《小姑贤》。俩人在台上,一个嫂子,一个小姑。看罢戏,老两口笑问闺女,哪个是女婿呀?女孩扑哧一声,你们猜,使劲猜!使劲猜也猜不出来,闺女憋不住,公布答案。这婚事立马就黄了。你做戏子不要紧,怎么还整个不男不女呢?据说,分手时,俩人执手相看泪眼。女的称,终身不嫁!男的发誓,终身不娶!

不久,女人嫁了。

吕旦也就放开。男人放开,不免就闹点绯闻。他倒践行诺言,没再娶。即便想娶,难度也大。正儿八经的女子,谁跟他?不正经的,他还怕看不住。传说中,他经手的女人颇多。后来,胆子大了,跟女师傅在床上学戏,被打篮球的从被窝里提出来。

这次不是误会!

吕旦在医院里躺了整整一个月。

出院后,回老家。还是唱。而且,更痴,更迷。这人从剧团带回套行头。就那么对着镜子，涂脂，抹粉，挑着兰花指插钗花。妆罢，穿上宽大的花花绿绿的戏服，出了门，踩着石板路，往村口的场院移去。村里头大人孩子端了粥碗，夹着马扎，跟在他后头。有人取了弦子、铜锣，随后赶到。吕旦不多话，略略冲伴奏者颔首，微笑。遂见他衣袖轻挥，腰肢轻挪，兀自唱起来。后来，伴奏的没啦。地里活儿忙，谁还顾他？看的人也渐少。最后，就他一个人，在空荡荡的场院里，清唱！

再后来，躲在自家院子里唱。

“李氏女坐偏房，泪如雨洒。”

唱着，唱着，嘤嘤地哭。

左邻右舍隔了门、爬了墙头来瞧，见吕旦弓着身子，拿雪白的水袖捂着脸，身子一耸，一耸。

人呢，说老也就老了！吕旦的嗓子却没变！一出声，依然清脆，依然婉转。可又有什么用？没人欣赏。大家都认为，这人脑子有毛病。有人说，一到晚上，老头儿依然唱，依然化妆。那所房子，就有了神秘气息。

谁在乎一个怪物的死活呢？吕旦死在屋里好几天才被发现。穿一身鲜亮的戏服，脸上浓墨重彩，躺在地上，像嫦娥奔月。

这人果然终生未娶！

怪的是，几天后，在他的坟四周，陆续多了好些个五颜六色的花圈。我前几天回老家，村里的人还绞尽脑汁地猜，到底谁送的呢？猜不出，就心照不宣地笑，一边说，这人，真正花了一辈子！

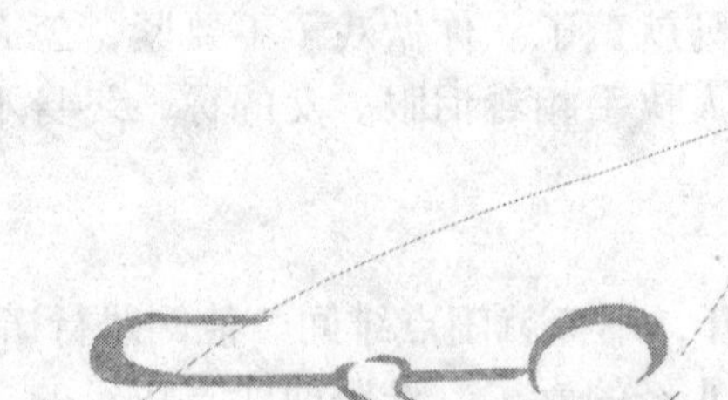

绿豆

继秫秸、荞麦之后，粮仓的第三个闺女，绿豆，在一个日光辉煌的午后不盼而至。

当时，粮仓正弓在地里，挥汗如雨。有人吆喝，粮仓，粮仓，你老婆生了。粮仓就握了一把绿豆气势磅礴往家奔。进门，便闻听惊天动地一声哭。接生婆二寡妇荡着两支小脚出来，说恭喜呀粮仓，又是千金。

粮仓就戳在当地，骂，操！

就取个名儿，叫绿豆。

绿豆能哭，哭起来不住点。粮仓烦躁，将粘粥碗一掷，吼。哭，哭，有本事你给我哭出个茶壶嘴儿来？

其时，计划生育形势已经相当严峻。老婆目睹村人被罚得连炒菜锅也没有了之后，与粮仓商议，他爹，要不，咱去结扎？

粮仓面冲门外，半截腚却在门框里。半天，笼起一团烟来，叹气，啥人啥命。

粮仓便有一个宏伟计划在脑壳里成型。

粮仓要把绿豆培养成个养老的孩子。也就是说，粮仓把养老女婿的指标分给了绿豆。

就常见这么一幕动人的情景。

绿豆是好孩子不？是。绿豆长大了干啥？伺候爹娘。找个养老女婿干啥？给爹打酒喝。一问一答中，粮仓的脸蹙成核桃状，写满惬意。绿豆咯咯而笑，一脸无邪。

绿豆在成长过程中淋漓尽致地体现出七抗恶劣气候的能力，尽管是粗衣粗饭，一株绿豆还是长得跟钻天杨似的。绿豆成了庄户地里一把好手，推车挑担，不亚于男劳力。一帮浑小子就暗地里琢磨。啧啧，不知道谁能放倒她。

放倒绿豆的工作很快就由一个外村的小青年完成了。绿豆否决了粮仓给她安排的一系列婆家之后，自由恋爱了。

小青年是独苗，显然，不适合干养老女婿。让粮仓头疼的是，绿豆也不愿让青年做上门女婿。

于是，粮仓和绿豆展开持久战。

先，粮仓挥起烧火棍，直击绿豆背部，嗵得一声响，被硬硬地弹起，粮仓登时泪满眼眶。骂，他娘的，你咋不躲，你咋不躲呢？

粮仓在那一刻大悟，姑娘大了，岂能打得？

于是，粮仓蒙被卧炕，绝食。绿豆不劝，顿顿调制香喷喷菜肴三二盘，置于炕头，再温一壶酒。首日，粮仓不动，绿豆当其面狼吞虎咽，消灭之。次日，又如此，三日，粮仓鱼跃而起，娘的，好人还能让尿憋死？

绿豆与娘隔了窗户嘿嘿而笑。

绿豆终于出嫁，视公婆为亲父母，且小两口甩开膀子干，不几年功夫，一摆溜儿红砖红瓦房拔地而起。

一日，绿豆说，该把俺爹俺娘接来了。

男人问，那跟养老女婿有啥区别？

绿豆一瞪眼，有啥区别你还不清楚？叫你去你就去，胡啰嗦个啥？

男人一笑，跟你闹着玩呢。就把粮仓老两口接来了。顺便还打了一桶散酒。

男人知道，老丈人最喜的就是闲空儿抿点儿小酒。

通腿儿

老牛沟的冬天冷得有些吓人。

对这一点，光棍刘二说得有点玄，他说某个清晨站了撒尿时竟撒出一溜冰柱子，最后用棍子敲断的！

天这么冷，大人们的娱乐活动便基本没有。但你也不能说他们没了乐子。比如，两口子窝在被窝里，腿抵着腿藏在被子里，披了棉袄，脸对了脸，面前置一小笸箩，笸箩里是带皮的花生或是未脱粒的玉米棒子，一边刮刮啦啦剥着，一边说些东家长西家短的琐碎事。炉子里的木柴烧得旺旺的，火苗一跃一跃，就有了一股说不出的温暖。

这温暖，河西的二大娘却是享受不到的。

二大爷倒是在炕上，但他面前摆的可不是笸箩，而是一张小桌，桌上是一壶，一盅，一副筷子，一碟儿小菜。酒是新烫的，凉了，二大爷就斜起眼来喊，烫酒！坐在炉边的二大娘就立起身来，摆着小脚过来，烫好了，再给他递过去。做完了，仍旧回到炉边，悄无声息地剥花生，剥一阵，眼睛直直地瞧瞧炉火，悄然叹口气。

二大爷嗜酒，酒量却不大。两壶酒下肚，就飘飘然。就会一手提了棉裤腰，一手扎煞着，往天井里奔，一边酣畅淋漓地撒着尿，一边放开了嗓子骂，惊得笼子里的小鸡小鸭都小心翼翼地探头探脑。骂谁呢？一般顺序先是某个历史人物，而后是老牛沟的某个惹他烦的人物，最后的落脚点必定是二大娘。

二大娘低了头，依旧不做声。

她知道，一做声，叫骂就会升级为拳打脚踢。

她先是叹气，慢慢开始埋怨自己，你呀你，咋就生不出个儿子来呢？

这个悲剧人物的悲剧命运，是从她第五个闺女呱呱落地开始的，她的身体已弱得不行。那时，医生严重地警告二大爷，再生，就别要命了！

而且，政府的计划生育政策及时地出台。

没有儿子的二大爷，在老牛沟的沟沟坎坎上摇来晃去时，腰杆老是直不起来。回到家，腰倒是直了，脾气却暴躁。终有一天，喝了酒，轰轰烈烈开始了打老婆的历程。二大娘逆来顺受的限度非常大，骂，不还口，打，不动窝。打骂完了，悄悄地躲了，一个人，落泪。

老牛沟的婆娘们给她拿主意，你和他打呀！抓他的脸。老这么着不是个事儿，惯得他都踩鼻子上脸了。二大娘就低了头，勉强一笑，说，他也是憋屈呀，都怪我。

老牛沟两侧的山坡上绿了又黄，黄了又绿。

老牛沟的男人女人一开始还把这摊子事放在嘴上，甚至女人们说着说着都要掉几滴眼泪。可每家都摆着一筐一筐的事儿。日子久了，大家也就习惯了。倘若二大爷耍酒疯的声音连续几天没在老牛沟旋响，反倒成了一桩怪事儿。

二大娘的病是她小闺女发现的。发现以后，几个闺女、女婿采取强制措施，硬把她送到县医院。大夫年纪挺大，瞧完了，出来冲着几个孩子就一通训，现在还送来干什么！抬回去，有啥好吃的多给她吃点！

二大娘回来后，二大爷竟硬生生把酒给戒了！

这次，躺在炕上的换成了二大娘。

那个入冬后的一天，整个下午，二大娘的精神格外得好，二大爷也兴高采烈。二大爷喂饱了猪，又栏上了小鸡小鸭。回到屋里，问，老婆子，今晚上想吃点啥?

吃罢了，二大娘却突然提出一个令二大爷感到意外的要求。二大娘说，你也到炕上来，咱通腿儿，拉拉呱儿。

二大爷上炕以前，二大娘嘱咐他，把炉子里的火拨旺一点。

火苗儿噼噼啪啪地响着，老两口儿对了脸儿，守了一笸箩花生，噼里啪啦地剥着，说着富裕家的羊生了两个崽儿啦，大福家的猪跑到拴住家的菜园子里去把一畦子菠菜都给拱了，说大闺女家的娃儿真正淘气爬树摸雀儿差点掉下来啦。说着说着二大爷就觉着不对劲儿，就觉得二大娘的声音薄如蝉翼，一丝儿一丝儿弱下去。猛不丁抬起头，却发现二大娘倒在炕上，脸上挂着泪，挂着笑容。

人却已经去了！

自此，二大爷有了一个怪习惯，不管天多么冷，他的被筒都直直地舒开去。而且，空空荡荡的另一头，一直摆着一个枕头。

猪事儿

芒种家的猪丢了，两口子好一番找。后来听人说，那猪跑到村长的菜园里去啃白菜了。芒种就骂，你个不懂事儿的猪，村长家的白菜，是你能吃的？但骂归骂，猪还得找。于是，打发女人去村长家找。不一会儿，女人低头耷拉脸回来了。说，在那里呢。

在那里还不撵回来？芒种吼。女人声音也高起来，村长老婆说是她家的，怎么撵？芒种蔫了，憋了半天，才说，我去要！芒种去了。村长家的狗跳起来叫着迎接他，村长老婆出来，村长也出来了。芒种说，我家的猪吃了你家多少白菜，按棵赔偿。

村长哼一声。村长老婆跳起来，你穷急眼啦芒种？敲诈勒索到村长家来了？你家的猪？你有证明？

有人见你撵了。

谁？叫他来。

芒种就去叫，可谁敢来？再去村长家，连门也不让进。芒种隔了门口吼，我去告你！村长笑着扔出一句话，去吧去吧，有盘缠吗？没有我先借你。

芒种先到镇上的派出所。一个民警问，干啥的你？

俺的猪叫村长霸占了。

为啥？

啃他几棵白菜。

就是嘛，平白无故会扣押你的猪？这属于经济纠纷。你到法庭去。芒种就到法庭去，法官告诉他，这事派出所管，你得报案，说丢了猪。芒种又回来了。反复几次，两天时间搭进去。芒种跑明白了，人家谁也不愿理这事儿。芒种不甘心，就来到县里。他想用自上而下的办法解决猪的问题。他先去县公安局，然后是县法院。两个大门都进不去，看门的把关太严。看门的说，屁大点事还到县里来找，回去歇着吧。

芒种觉得很委屈。一委屈，就很气愤。眼里就淌出泪来，嘴里就口吐狂言了，不给俺解决，俺回去搞点炸药，炸他个狗日的！

没想到，这话叫公安局长听到。局长大吃一惊，这是个重大隐患呀！要是一炸，就把连续好几年的先进单位炸没了，白干活了。局长就给所长打电话，把这事给我摆平！

所长急了。所长以为芒种是局长亲戚呢！要不，为一头猪，局长会亲自过问？所长马上给村长打电话，你赶紧把猪给人家放了。村长说，你叫我以后咋开展工作？

所长一愣，你的意思这猪你就霸占了？

村长又笑，我霸占？还不是给你们准备的？

少来这一套。赶紧放了！

不放，我的猪为啥放？他说是他的，拿证明来！

所长一嘬牙花子，觉得为难。后来，所长想个主意，立即带人到村里。所长的意思是，让猪自己选择，两家女人前头走，猪跟谁，就是谁家的。

芒种两口子高兴了，觉得那猪肯定和自家有感情。村长夫妻俩却把脸拉长了。但又不好反口。一反口，等于自己理亏。

于是，两个女人前头走，后面，跟着猪，再后面，跟一群看热闹的人。大家都认为，这猪肯定得跟芒种女人走。村长家的猪卖半年多了，大家都知道，明摆着是欺负人。大伙儿都想看看村长出丑。

到了岔路口。左，是村长家。右，是芒种家。两个女人分开了。猪却停住了。猪抬头瞧了瞧两个女人。片刻以后，很果断地转向左，随村长老婆奔过去！

所有人都惊呆！

所长也百思不得其解。有一天，他到村长家吃饭，吃罢，村长老婆把汤汤水水一起倒进猪食槽。所长一拍大腿，恍然大悟！

那猪在芒种家吃糠咽菜，生活得多艰难？到村长家，虽时间短，却整天吃酒桌上剩下的大鱼大肉。你说它能不变腐败？

五爷

五爷的儿子六筐打电话来，说，你无论如何也得办成这事，要不，你五爷觉得死了也不安心。我说，六筐叔，这事不好办，现在要找张惠妹唱的歌嘛好找。六筐说，张惠妹是哪个乡镇的？不要她的，就要刘兰芳的评书《杨家将》。

这个五爷。

这个快嘴五爷。

眼前就现出了一张脸，沟沟坎坎，纵纵横横，干瘪的两片嘴唇，紧衔一柄油亮亮的烟杆儿，吸时，两腮塌陷，双目微眯，待那缭缭绕绕的一口散漫而去，两眼登时射出两道光来。

五爷那张嘴，才真叫嘴。他说，沂蒙山的蝎子比别处的多两条腿，十条。你去一数，果然，二钳八足。他说，富裕家那头壳郎猪像是肚子里长了东西。后来那猪果然早死，富裕不舍得弃掉，想留点肉吃，开膛一看，果有一瘤如拳。五爷还说，国际局势，风云变幻，别看萨达姆人家那国家小，却是一点也不怕那飞毛腿导弹。

你肯定奇怪，五爷几乎不出老牛沟的沟口，他哪来这么多的学问？

五爷有一台收音机。

五爷有一台跟14寸黑白电视机差不多大的收音机。

一次五爷奉五奶奶之命到镇上赶集购物。这种机会于五爷来说十分难得。五爷放着生产队里的一群牛。牛的活动区域在山上，所以五爷也不敢乱跑。五爷就到了镇上。到了镇上的五爷干了一件将在外君命有所不从的事儿，没有买回五奶奶所需之物，却抱回一台收音机。

为此，五奶奶下令五爷必须戒酒一个月。

五爷得了这宝贝，愈加神清气爽起来。那时山沟沟里有台收音机是真够高级的了，黑白电视机也只有在山下村里书记家一台。当时正播放刘兰芳说的评书《杨家将》。大家伙听得入迷，夜夜聚拢到五爷家。五爷亦早早赶牛入圈，洗把手，太师椅上一坐，手捻胡须，面带笑容，听至悬念处，搔首，搓腿，其状可掬。待听到那句“要知后事如何，下回接着说”后，一声长叹，只恨不能一并听完。

且说，那天正说到穆桂英大破天门阵，穆桂英费了好大的劲才开始打天门阵，早把五爷给急得不行了。谁料这时，五爷竟得一疾，需入院。一病数日，待回了家，穆桂英已把天门阵给破了。

这事，五爷一直耿耿于怀。

五爷就问别人，那阵是怎么破的？别人就说了。别人怎样说，也抵不过刘兰芳呀！五爷就一直心痒难遏。

不久前，五爷旧病重犯，且年龄已迈，看来这次是眼看要不行了。

眼看要不行了的五爷仍挂念着那桩牵肠挂肚十几年的事儿。

我找到了一个在广播电台工作的同学，说这事十万火急。同学又找了同学，辗辗转转，竟给搞到了几盘磁带！

我急切切赶回家时，五爷已经奄奄一息。

磁带放进录音机，顿时铿铿锵锵的声音重又跳跃在了五爷房子的每个角落。五爷核桃皮般的脸面倏然簇成了一团，眼睛眯成了一条线，又微微张开，脸上的笑容慢慢笼了上来，目光中却少了许多锐意。大伙儿了却了心愿，放下心来，静静听书，恍惚间，重又回到数年前拢来听书的景况。都入了神。

一盘磁带放完，都才醒转过来。

齐齐地去看五爷。

见五爷仍笑着。

人却走了。

香椿

香椿寨里自然满是香椿树。

家前屋后，地堰边，山崖前，到处都疯长着。待到春风徐徐掠过山峦，香椿树枝上边便一簇一簇淡红了，宛如小孩儿的手掌。忽悠一下，便是扑面而来的椿香了。

香椿是邻家的小女孩。

我和香椿都生在一个椿香弥漫空气的日子。在那一派霭霭的香椿气息中，我们一天天长大。此间，我们读懂了祖祖辈辈生活的艰涩，看到他们怎样把满坡鲜嫩的香椿转化成赖以生活的资本。是香椿养育了香椿寨的人们啊！

那还是孩提时代。

一天，香椿扭了头问我，香椿香么？

我答，香椿香，香椿真香！

那时，我们正吃着香椿鸡蛋饼儿。我瞧着香椿，愉快地笑着。香椿明白了怎么回事，白我一眼，甩着两支朝天小辫儿，走了。

我们开始上小学。

学校在香椿寨最高的位置，站在院子里，能把整个寨子尽收眼底。那里，只有一个老教师，白发，弓腰，咳嗽着。教的却是一个班三个年级二十几个孩子。香椿寨的孩子只能在本村读到三年级，然后，走出大山，读四年级。十几年了，能到山下读书的孩子只有两个，他们也只读到了小学五年级。

我和香椿是学习最刻苦的。

我们较着劲儿读书、学习。

一天，香椿告诉老教师，我一定读完高中，然后，回来当老师。

老教师眼角湿润了。

不久，我们走出香椿寨，走出大山。山路上的那段时光是最美好的，鸟儿在树林里欢快地鸣叫，蚂蚱在草丛里跳跃，冷不防，有一只野兔从草间窜出来，沿路奔着，奔着，一眨眼，也就不见了。剩了香椿的笑声和歌声在山涧荡漾着。那一次，我止住了她的歌声。我说，香椿，我也决定了。我要和你一起回到村里当老师。

香椿先是一愣，然后，脸上有了桃红，飞也似地沿路跑了。

我们两个成了香椿寨最早到县城读高中的孩子。高中毕业，我如愿考上了一所师范学校，香椿却落榜。我劝香椿再去读一年。凭她的成绩，她是会考上大学的。香椿说，我该去实现我的理想了。

离开村子的那天，我背着行囊来到小学校。隔了窗子，看到香椿。

香椿站在讲台上，面对着教室里的孩子，笑着，从今天起，我就是你们的老师了。

那一刻，我泪眼蒙眬。

此后，我给香椿写了许多信。我告诉香椿，你等着我，毕业后我会回来的。

可就在我即将毕业的时候，香椿突然来信说，她要结婚了！我发疯似地赶回了家，正遇到香椿的婚礼。新郎名叫大伟，是临村的民办教师。

于是，在香椿寨的小学校里，有了一对夫妻教师。

那晚上，我喝得酩酊大醉。

回来后，收到香椿的信。香椿说，我不能耽误你，你的天空不应该在山里。

毕业后我留在了县城，一晃，几年就过去了。一天，突然接到一个电话，是大伟打来的。大伟的声音涩涩的。大伟说，你快赶回来，香椿，怕是不行了，她想见你一面！

像许多年前那样，我奔回那个小山村。

可，还是迟了，香椿走了！

那段时间天一直下雨，香椿为了送一个住在山后的孩子，不小心滑下了山崖！

空荡荡的教室里，我和大伟相对无语。

大伟的泪似乎流干。

为什么没要个孩子？我问。

大伟把头埋在双臂之间，香椿总是说等一等，把孩子送走一批再说，孩子一批又一批走出山去，可我们自己最终还是没要孩子。

香椿去世后的第二年，香椿寨出了一个奇异的景观。

先是有人瞧见瘦骨嶙峋的大伟站在学校后面一棵高高大大的香椿树前，抬了头，一站，半天。接下来，香椿寨的男女老少都聚拢了来，呈半圆状围在大伟的后面，齐刷刷地抬了头，静静地，去瞧那那棵香椿树。

瞧着，瞧着，一个个泪流满面！

那株蓬蓬勃勃的香椿树上，竟在一夜之间，盛开了拳头大小的白花！

在那株香椿树的后面，不远处，便是香椿的坟！

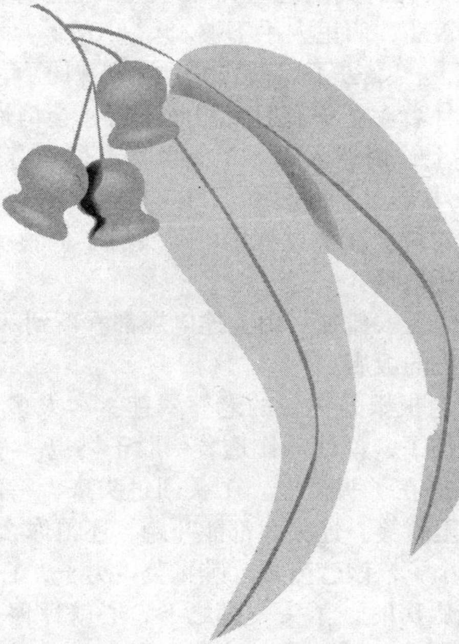

一个人的荒原

树仁一爬上荒原，就听到丫头的歌。那声音像小猫爪子，在树仁心里挠来挠去。丫头见了树仁，歌声戛然而止。丫头说，你咋来了呢？树仁说，我就不能来看看你？丫头笑了，好些日子不见个人了。树仁说那你不是人吗？丫头说你才不是人呢。笑闹过，树仁才说出上原来的理由。树仁想让丫头去帮忙。他开个饭店，店里人手不够。

丫头思量好一会儿。娘去了以后，荒原上就剩了丫头一个人。但丫头不孤独。她有一群羊伴着。丫头有时夜里睡不着，会悄悄起身，来到羊舍，伏在羊们温暖的身体上，悄然入睡。丫头也不害怕。有个漆黑的夜晚，一头狼叼走丫头的一只小羊。丫头握了羊刀一直追。追急了，狼一个回身立住。和丫头在荒原上对峙。在那过程中，丫头胜了。狼扔下小羊，逃掉了。丫头连狼都不怕了，还怕啥？

但丫头想下山。山上太孤独。山上连电视都看不到。

于是丫头来到树仁的饭店。

饭店在公路旁，老板娘是树仁的老婆翠莲。客人多是那些大车小车的司机。司机走南闯北惯了，说话动作透着一股子挑逗。丫头一开始不习惯。有次，一个男人把手搭在丫头腰上。丫头回过头来，一瞪眼。那人不由得迅速挪开。丫头心底里就笑。连狼我都能吓跑，还怕你么？

丫头毕竟年纪不小了，该恋爱了。瞧见英俊男子，心里也会有想法了。

那天，曙光走进厨房时，丫头一瞧之下，心就怦怦狂跳起来。曙光长得太英俊，有点日本影星三浦友和的意思。曙光望着丫头，一直笑。他问丫头叫什么名字？丫头没回答。丫头觉得自己大名小名都土得掉渣。曙光等了半天，说你不会是个哑巴吧？丫头仰起头，你才哑巴呢。

丫头后来见曙光在翠莲屁股上悄悄拧了一把，就明白这是个常客。

丫头开始注意打扮自己，一打扮就更加标志。该凸该凹的地方都有了。

客人忍不住拿眼去剜。曙光有时也会露出这眼神，丫头觉得那目光比较受用。

事情发生在认识曙光半年后一个夜晚。

曙光带个竹竿似的朋友来。竹竿一直打量丫头。吃罢了，曙光突然提出要丫头陪他出去逛。丫头怦然心动。丫头从没跟人出去过。但曙光的邀请她无力拒绝。于是就去逛。当丫头意识到害怕时，已逛出好远。已在公路旁边树林深处。曙光突然说句莫名其妙的话，丫头你陪好我这位老板，你要啥都行！丫头反应过这话后，那竹竿已把她摁倒在草地上。丫头在那根竹竿底下弹簧似地反抗。丫头希望曙光能回来救她。果然他回来了，但他显然不是救丫头的。他嘟囔一句，连个丫头都搞不定，还吹呢。说着，伸出手，摁紧丫头的胳膊。

丫头发出一声惨叫！

丫头自此像变了个人。不管晚上忙到多晚，都要回到荒原上住。只有到了荒原，她才能睡着，睡踏实。

曙光再次出现是一年后的夏天。走下车来时，他眼前一亮，仔细瞧，方知那亮光是从丫头身上发出来的。曙光打量她半天。恶狠狠骂自己一句。这么漂亮的姑娘，怎么让给了竹竿呢？

那个下午，丫头像一团火焰燃烧在曙光眼睛里。丫头的目光透着隐隐的哀怨，还有一丝野性的挑逗。曙光一直想把丫头揽在怀里，但丫头滑溜得像条鱼。丫头悄悄说，你想要我？那咱去我的宫殿。

曙光就跟她上了荒原，就进了那间茅屋。丫头燃起蜡烛，把屋内照得明若白昼。又取出火腿，干红。甚至还有曙光喜欢抽的牌子的香烟。于是，曙光觉得这荒原上，充满诱惑和激情。正想着，眼前突然现了一个赤裸的美女。更觉得入了仙境。在仙境中，他们像是两条游弋在海洋中的鱼儿。事后，丫头递给曙光一杯干红。曙光一饮而尽。

丫头的声音像来自天国。知道吗？这都是给你准备的。

丫头还说了一些莫名其妙的话。曙光越听越觉得恐怖。后来，他发现丫头手里多了一柄刀。就是那柄吓跑狼的羊刀！曙光大叫一声！却无法动弹！眼睁睁地看着尖刀顺利抵达自己的心脏！

荒原上，丫头站在那里呆愣良久。手中的火把跳着蛇信子般的火焰。丫头的脸出奇的平静。丫头手一扬。火把落在茅屋上，一团火焰呼啦啦冲天而起！

遥远的土丘上，一只狼悄然立着。

眼里，写满恐惧。

历史

莲花劫(四题)

董小宛

那是个阴雨绵绵的清晨。

半塘河里的水流，顿失往日的欢快，变得阻涩、凝滞，分明响起一股幽幽哀怨。我衣衫不整，在细雨中奔下绣楼，穿过庭院内通向父亲房间的游廊。有那么一瞬，我悄然一瞥。池塘内，一朵莲花，正被风吹得左摇右晃。那朵莲花随着我奔走的步子，一点一点后移。

母亲的哭泣一如江南的梅雨，悠远，绵长，弥漫着潮绒绒的哀伤。父亲目光打落在我脸上。父亲伸出他的左手。我伸出右手。我们握到一起。一丝清凉悄然浸透我的全身。

父亲最后那句话夹杂无尽的伤感，以及担忧。孩子，你的美，未必是件好事情！说完，父亲走了。

我一生的幸福，差不多在十三岁的这一天就已了断。

父亲苦心经营的董家绣庄一败不振。崇祯九年的一天早晨，母亲早早地去了绣庄，回来后，一下躺倒。咱们完啦！母亲的声音如秋后蝉鸣。

我们的绣庄不仅没赚一两银子，反欠下沉重外债！

我把目光投向窗外。

呵，梅雨来啦！

母亲卧病不起。

一付十五岁少女的稚嫩肩膀，理所当然要接过突如其来的家庭重负。

母亲递给我个地址，你父在时，曾周济过此人，你去借些银两，暂渡难关。捏着那张纸，我在那个门口走了许多个来回。地面是回字形花纹。沿一条线，从西到东，九十九块，我至今记得清清楚楚。可我鼓不起勇气去叩门。过了好久，一个熟悉的影子出来了。他一边走向马车，一边躲闪着我的目光。我就那样眼看着他进了马车，缓缓驶离视线。

回来，我咬着牙说，没见到那个人。

母亲盯着我的眼睛：我知道啦。

我不想再求任何人。对我来说，秦淮河畔的画舫，已是一个无法躲避的去处。母亲教给我的琴棋书画，现在正可大派用场。我不能告诉母亲，但聪明的她已经看透我的决定。她半躺在床上，似一张随时会被风卷起的纸。别管我啦，把所有家产都卖了，也许够做你嫁妆的。

我咬咬嘴唇，转身出屋。

我的命运随着这个转身，也开始一个大扭转。

之所以选择秦淮河畔的画舫，是因为无论白天夜晚，那里都风光如画。而且，去那里寻乐的男人，不乏高洁儒雅之士。我对自己的容貌和才华充满自信。我能够依靠自己的才艺，换取给母亲治病的银子。

鸨母看我第一眼，眼里亮光一闪。

像是端详一棵摇钱树。

你叫什么？

董小宛。

这名字第一次出口，我自己都觉得陌生。

但我没有想到，这名字接下来会很快传遍秦淮河两岸，吸引无数男人从各地奔来，只为看我一眼，或者，听我唱一曲。更没想到，许多年后，一个帝王会因我走出深宫，削发为僧。

我的孤傲，显然违背鸨母的期许。

一个秦淮河畔颇有名气的富商听罢我的琵琶，邀我一起饮酒。我委婉拒绝。我不卖笑。客人走后，鸨母指着我的鼻子骂，你以为你是大家闺秀？知道男人到这种地方来干什么？

我昂起头，一字一顿。我不是烟花女子。

她哧的一声笑。那笑像一把利剑，刺透秦淮烟雨。还有带着贞节牌坊来闯窑子的？这话让我毅然离开南京，回到苏州。

刚回家坐了没有一盏茶，家里就来两拨催债人。

我跑到后花园，在游廊底下，一站半天。几茎残荷，悄然挑几页花瓣，在细雨中左躲右闪。我奔进了绵绵细雨。雨水在我脸上流淌成无数条小河。在那一瞬，我张开双手，仰望天空。满天细雨，针一般刺向我的眼睛、我的嘴唇、我的每一寸肌肤。

第二天，我走进半塘河边很有名气的会春楼。

你看我能值多少银子？

鸨母伸着指头说出一个数字。

快，先把银子给我。

我把自己逼得又后退一步。为了银子，我不得不满脸堆着虚假的笑容，去迎合每一个客人。我陪着喝酒的第一个客人是钱谦益，当时的礼部侍郎，也就是江南才女柳如是跟的那个老头儿。一杯酒下肚，我立刻满脸发烧。老头儿笑得胡子一颤一颤。他大叫，好！

我的名字被那声好一下叫响。

我开始陪同客人游览名山大川。

一个春光明媚的上午，那个叫陈园园的美女不速而至。她迈着轻碎步子走进我房间，上上下下打量我。然后，她的笑像几页花瓣一下打开。她说，果然是个妖媚的小狐狸精。我们两只快乐的鹦鹉，在房间里叽喳了整个上午。

你看，那时，我在那个圈子里，已经游刃有余。一个人的毁灭，其实就这么简单。我忘了告诉你，我父亲姓董，母亲姓白。我原本叫董白，号青莲。

可这些，离我可不是很远了么？

冒辟疆

方密之走近我，面带微笑。此处，有个冷美人董小宛，技压群芳，却又冰清玉洁。冒兄不想一见？

哦？我立刻被吸引。

我们以此为乐，并不觉得是胡闹。文人嘛！

这是我第一次去秦淮河畔造访董小宛的原因。

那个油头粉面的老女人嘴唇轻轻一撇。两位爷，这里什么样的姑娘没有？那小狐狸精有什么好的？她走啦。

不知为何，我怅然若失。回到家乡如皋，董小宛这三个字竟时不时在我心头浮起。有天早晨，我正蹬着靴子，突然停住。脑子里冒出个念头——到苏州去，一边游玩，一边寻访董小宛。苏州美景让我处处驻足，很快我就得知董小宛在半塘待客。于是，兴冲冲前往。走近会春楼时，我的心居然怦怦直跳。可这次造访同样让我失落。她陪客人游太湖去了。

夕阳下，走在光滑的石板路上，我的身影如灌重铅。走出好远后，我不禁猛地回头。我渴望奇迹出现。那传说中的董小宛也许能够踏着袅若轻烟的步子，缓缓朝我走来。可眼前唯有一副浮靡艳丽。你呀你，为个风尘女子，至于这样郁郁寡欢？我摇摇头。巷子里，一曲评弹，纷乱如麻。

此后，我连续去过五次。每次，都失望而回。又一个傍晚，我对自己说，最后一回，如果再见不到她，你就死心。一个女人娇媚地瞅我一眼，还没见过你这么痴情的。去吧，她在呢！

终于见到她啦！

她半躺在床上，星眼蒙眬，略带酒意。那一瞬，我思绪大乱，甚至语不达意，结结巴巴介绍自己。她听后，摇晃着站起。开始与我畅谈时局，居然字字珠玑，颇具见地。她说，当为公子抚琴一曲。可她站起来的身子摇晃成一朵雨中莲花。我说，小姐今日已有酒意，容我改日再来。

董小宛将我送至门口，默默注视一眼。我的脚步轻快地在石板路上飞翔。苏州评弹委婉软和，直沁心脾。可是，我已不能在半塘滞留。带的银子没啦！

再次去拜访董小宛，却没人能告诉我她的下落。

我一人雇船去虎丘。满目杨柳岸晓风残月。孤立一叶轻舟上，遥望半塘河边，风景如烟，心却愈沉起来。见过董小宛，天下女子在我心中已如这轻烟。唉，认识她，于我来说何尝不是悲哀？她不属于我，也不属于她自己。

小舟缓缓驶过一架青石小桥，眼前一片柳林。深处一栋小楼，檐角若隐若现。这幽静处登时吸引我。船刚一靠岸，我就跳下去，似乎柳林深处有一股诱人气息。沿着小路，我一步步走近。边想，能够在这如诗如画的风景里居住的人，该是何等超然脱俗？

我轻叩门环。

一个素衣丫鬟露出脑袋。

我迷路了。请问，你家主人是谁？

小丫头一脸忧伤。我家小姐，叫董小宛。

我如遭雷击！她，她在家吗？丫头回答：我家老主人刚刚离世，她不见任何人。说完，就要关门。我赶紧止住，麻烦姐姐通报一声，说好友冒辟疆求见。她精灵古怪瞧我一眼，转身而去。一会儿，打开门来。

我奇怪小丫鬟竟直接带我去董小宛的闺房。

天哪！这是那个董小宛吗？她躺在床上，面色苍白。母亲的死，打击了她。我们遥遥对望。这只是第二次见面，可感觉宛如知己。我知道她此时身体虚弱，不能多说话。我多次提出让她休息。可她屡屡挽留。我们聊至深夜。她的声音孱弱得若有若无。次日大早，我乘舟再次前往。一路晨景对我来说，根本无法顾及。我不住催促船夫，快！快！船离岸尚有一段距离，我就跳下来。船夫笑，小心点儿。可我哪里顾得？几乎是一溜小跑，来到门前，一下顿在那里。

董小宛站在门口，微笑。

我相信缘分。我这儿没有人知道，你却来了。昨晚之前，我几乎被病折磨得站立不起，本以为就此奔赴黄泉，不想你来后，我的病居然一夜之间卸去大半。董小宛在我怀中，声音如梦。

分手时，她把我送到江边。

我要去南京参加再一轮乡试。

那个上午，我走出考场门口，突然一声清脆的呼唤！我傻呆呆瞧着站在油纸伞下的董小宛：你怎么来啦？身边的丫鬟嗔我一眼：还问？小姐为了来找你，在江里遇到船盗，差点连命都没啦！

崇祯十五年隆冬，我带董小宛回家。一路寻幽探胜，并不放过游玩时机。小宛一袭红色斗篷跳跃在洁白的雪里。她的笑在洁白的天地里震荡、回旋。我们在雪地里像孩子一样打雪仗。她把一个个小雪球抛到我身上。我跑去捉她。于是，我追，她逃。

我的夫人体弱多病，小宛一回家就开始照料她。每次，我经过她们窗前，都听到她俩说着说着就呵呵大笑。乡试再次落榜，让我对仕途彻底不抱任何幻想。我静下心来，开始研究古籍，著书立说。有时到深夜，小宛会轻轻给我披上一件衣服。在我疲惫时，小宛会坐在窗前，轻抚一曲古筝。

我悄声吟唱：试问采莲人。

她执一本书轻扫我的脸，随口应答：知否？知否？应是绿肥红瘦。

洪承畴

没人会把我洪承畴看成一条汉子。

尽管，作为带兵打仗的人，我曾一度威名显赫，把清军打得落花流水。否则，太宗皇帝也不会煞费苦心，劝我入降。甚至出了个有损他名声的下策。

被俘以后，我滴水不进。那时我唯一的念头，就是想以饿死来表明我仍是大明忠臣。那晚，我饿得头晕眼花。身边却出现一个美人儿。她拿话激我：你不想死吗？这是碗毒药，你敢把它喝下去？我瞅她一眼，心道，老子在疆场上杀人如麻，生死当鸟事？于是，端起来一饮而尽。

我中了美人计。

那是碗参汤。

精神慢慢恢复，我开始对眼前这个美人儿仔细打量。她眼神里透着北国女子野性的挑逗。我彻底折服。她才缓缓告知我身份。老天！她是有名的美人文皇后。我吓得立即伏身在地。这一跪，大明的赫赫将领，一下成为清廷朝臣。

所以，我打董小宛的主意，你认为不合情合理吗？

这个名字在我耳朵里快要生茧了。对于江南名妓，哪个男人不感兴趣？寇白门、马香兰、李香君、顾横波，当年谁见了不眼馋？可她们一个个不是年老色衰，就是名花归主。而且，多是我不能得罪的主。我却不怕他冒辟疆。他不过一介文人耳。

管家佟福是个聪明人。

那天早上，他带来好消息：他把董小宛带来了！

我瞪大眼睛。怎么得手的？

他小眼珠子一转，笑。假如有人在酒楼辱骂朝廷，主谋不用说是冒辟疆，那还不是死罪？我奉命前去抓人，你猜怎么着？那小子一听官府人到，吓得从后门溜走。嘁，什么狗屁金陵四公子？

抓董小宛，总得找个理由吧？

我对人说，冒辟疆强占民女，我们这是救人。

我嘿嘿一笑。

尽管董小宛现在的装束已不是青楼女子模样，但骨子里透出来的美，还是让我的辉煌厅堂顿失颜色。我一摆手，屋里只剩两人。我背手走到窗前。池塘内一株莲花高高耸立，艳美无比。

知道我是谁吗？

如果没猜错，你便是那个投降清廷求取荣华富贵的洪承畴。

我眉头一皱，转回身来，脸上却堆起笑。快人快语，可你知道吗，明亡清立，此是天数。董小宛哼笑一声。我只知道，一女不嫁二夫，一仆不事二主。

我先是恼火，然后，仰天一声叹，接着，又堆起笑。你可知道，我对你仰慕已久。这话让董小宛立刻警觉，眉毛直竖。世人都知你好色，果然不错。

我脸色一冷。我洪承畴在疆场上杀人如同砍瓜切菜，你不怕？

你说的这是很久以前的事吧？但现在，你不过是清廷走狗！

这话让我忍无可忍。我踏前一步，抓她的胳膊。我眼里的火焰并没使她屈服。她像条鱼一样滑到一边，厉声道，我家公子在朝中广交朋友，你敢动我，他们饶不了你。我们的朋友里，许多人武艺高强，能够百步之内，轻取你首级！

后面这句话对我起到作用。朝廷的人，我素来不怕。可江湖侠客，我却不得不防。然而，一朵莲花摆在面前，我却不能欣赏么？

我向她再靠近一步。

结果，她一扭身，冲一根柱子撞去！

我张大嘴巴，眼看着她的身子缓缓瘫软。

下人把她抬出去后，我走到窗前，盯看着那朵在风中摇摆的莲花。我突然大吼，来人！一名家丁飞快跑进来。我跺着脚：给我把那朵莲花连根挖出来！家丁站着没动。我指指池塘：愣着干吗？那儿！去！

就在那时，一个念头在我脑子里浮上来。要是把她送给年青的皇帝，会怎么样呢？她跟皇上也这样，不是死定了吗？

董小宛说得没错。

在赶往京城的路上，一条蒙面大汉突然飞身跃出。一名护卫还没等抽刀，就被他的剑直刺入胸口。那人的身影一转，苍鹰一般，扑向第十七辆马车。由此可见，他的目标很明显。同时，我也知道，手下有人背叛了我。

后来得知，蒙面人叫冯小五。

果然是响当当的剑客！

他在我的无数护卫面前，顺利带走两名女子。可结局一定会让他失望。他应该知道，我也是一块老姜。临行之前，我就把董小宛移到别的车上。然而，我却突然改变主意。我得不到的，为何让别人得到？而且，一旦她得宠，返回来算计我，岂不是作茧自缚？到京城，我犹豫好久。然后，拉开布帘，对佟福招招手。我说，她从哪儿来，还是到哪儿去吧。你听说过胭脂巷吗？

谁不知道，著名的胭脂巷内，到处都是妓院。

顺　治

“百年三万六千日，不及僧家半日闲。”

放下笔，我长长叹口气。我还不知，与佛家的缘正从此刻而起。玉林和尚轻捻胡须，微微颔首。不知赞我的字，还是赏我字里意思。好半天，他合手。陛下，佛门幸事啊！我当时并未顿悟。

玉林和尚留我用饭。不知为何，那天我吃起素来竟是如此香美。我问一边站立的慈翁，真的全是素？慈翁双手合十，陛下，佛门斋菜虽都是素，但经疱僧精心调配，以蒸、煮、煎、炒、爆等法，把原本普普通通的面粉、蔬菜，烹成色香味俱全、品种形状各异的美味佳肴。常年服用，亦可祛疾保健、延年益寿！

哦？我顿觉怪异。

吃罢饭，洗漱完毕，我吩咐吴良辅，起驾回宫。刚至门口，忽见一乘小轿自寺外缓缓而来。轿帘儿一挑，顿觉胸中块垒一扫而光。天下居然有这等美人！后宫粉黛何止万千，与此女相比，简直形若粪土了。我呆若木鸡。女子在我眼前缓缓走过，却瞧也不瞧一边微服的我，只向玉林和尚拜一拜：大师，小女子又来扰你清静。玉林面带微笑：施主里面稍候。那女子轻移慢步，入了大殿。

我脱口问，她是谁？

她是董小宛。

作为一国之君，在这种场合追问此事，实在有伤大雅。然而，回宫后，董小宛的影子在我的心中却无论如何抹之不去。一天，我悄悄叫来吴良辅。你去做一件事。可我却说不出口。吴良辅伏在地上，等了一会儿，悄声说，微臣知晓。再出现在我面前，吴良辅便告知我董小宛所在之处。又小心翼翼：没有圣上旨意，微臣实在不敢私自决断。我站在龙案旁边，思量许久。说，伏耳过来。我说出我的主意。吴良辅大惊失色，欲言又止。

当晚，我二人出现在胭脂巷。

董小宛抬头瞧我一眼，淡淡地。你还是找来了。既然公子专程来访，小女子为你抚琴一曲。于是，董小宛聚气凝神，双手轻挑。一个音符叮咚弹起，直入心房。闭上眼睛，却见山涧冰泉潜流，凝滞不前。琴音突然停止。董小宛伏在琴上，似是无声啜泣。但很快，她抬起头，脸上现了笑容。公子原谅，我再为你弹奏一曲琵琶，以致歉意。她取过琵琶来，端坐檀木凳上，右手一抹，我眼前顿时出现江南碧水，缓缓流淌。董小宛轻启朱唇，一曲如玑似玉《春江花月夜》在房间悄然流动，让人恍在梦中。

我不禁脱口而出，朕要带你入宫。

董小宛一下站起，你是皇上？没想到她随即眉头一皱。堂堂一国之君，居然到这种地方来？

我奇怪自己没有生气。你说的不错，我的确不是个好皇帝。如果是的话，我会让我的子民永不受战乱之苦。

董小宛脸色稍缓。

朕到这里，只为来看你。你愿随我入宫吗？

我已打算在此了却残生。说完，董小宛走进内室。我紧随其后，不禁错愕。这哪是闺房啊？简直是飘逸着琴棋书画韵味的书斋。董小宛看上去不想理我。这更让我观之可爱。我拿起桌上的笔，画她的像。然后，拿那张纸，悄然走近。你看，是你吗？她缓缓回头，扑哧一声笑。你呀，实在不像一个皇帝。

就这样，这个汉人女子，随我一步一步走进皇宫。可我不知道，她做这个决定，是为了复仇。有人捎信给他，冒辟疆死了。她认为是洪承畴造成。我对洪承畴自然也恨之入骨。就因她跟母后那段让人不齿的往事。

我说，你等着，我会为你报仇。

我封董小宛为董鄂妃，为下一步废后作铺垫。母后指定的婚事实在让我难以忍受。而且我也借此向母后示威，我不想做傀儡。此举得到朝野内外一致反对。那天早晨，母亲要我去见她。我已做好一切准备，和她斗到底。

你刚亲政，就亲昵汉家女子，如何对得起列祖列宗？

我缓缓抬头，母后，如果这么说，你和汉人洪承畴那段旧事，岂不更加辱没祖训？这话让我的母亲孝庄皇太后，脸色变得一阵青，一阵白，再一阵红。好半天，她尖声叫道，小畜生！你，你给我滚！随后，她咬牙切齿：记着，我能让你亲政，也能废你！

我一下回头，冷笑道，你废吧，我早就倦了！我那时仍是一只羽翼未丰的小鸟。在漫漫宫帷后，我无法飞翔。而董小宛，可不是一头钻进个漩涡？我想，是我害了她。

果然，董小宛被母后遣往西山的尼姑庵，削发为尼！

我气喘吁吁跑进大殿时，看见董小宛满头青丝正一缕缕飘然落地。我大喊一声，小宛！她的身体颤抖一下，却没回头。我奔过去，抱住她肩头。她像一尊铁铸的佛像，一动不动。好半天，才缓缓地扭过头来，两串泪水，缓缓流淌。

施主，回去吧。

一道闪电猛地一下袭击我的大脑。我仰天呵呵大笑。我一步一步向半山的玉泉寺走去。我要做一朵天上的白云。我要做一只山中的野鹤。半山站满密密麻麻的人。他们把我劫持回宫。可你们知道吗？你们接回去的，不过是一具空壳。

董小宛到底还是莫名其妙消失！

据说，尼姑庵的一个小尼清晨起来，打开她房间，发出一声尖叫！她分明看到一缕轻烟，从董小宛端坐的莲花座上冉冉升起，在房间周游一圈，飘向窗外。

我听到这个消息，嘿然而乐。

我慢慢起身，对跪在地上的太监说，你去，把玉林大师请来。

英雄

遇见他的那个早晨，北海湖畔静得有些吓人。

我总以湖水为镜，来梳妆打扮。爱美之心，人皆有之，匈奴女子也不例外。直起腰来的那一瞬，我感到身上哗啦啦缀满异样。我惊恐地抬头，就见站在数米开外的他，手握一个像鞭子似的东西，头发零乱披散，目光炯炯有神。我很狼狈地逃离那个地方。抓着马鬃跑了许久，依然能感受到那种沉甸甸的目光。我不知道，他就是苏武。

一个汉人。

那时，他四十二岁，被我们的单于幽禁已近两年。单于笑着说，北海边上的公羊能生出小羊，你就能回去。当然，如果他不想放羊，可以投降，和汉人卫律、李陵一样，也会享荣华富贵。可这个人不肯屈服。他甚至为此拔剑自杀。

许久后的一天，我不知出于什么心态，忐忑不安地走进那人的帐篷。进去的时候，他正在吞咽着什么。我静静地站在那里，瞧着他的背影，呼吸慢慢急促。

他突然回头！我们开始新一轮对视。或许千年，或许只是一瞬。帐外的戈壁滩上传来我们匈奴女子的歌声。北海湖面上，有只白鸟，上下飞旋。我闭着眼睛，那人的呼吸喷溅到我的脸上，暖暖的。他说什么呢，一句也听不懂。

一个匈奴女子，和一个汉人男子，开始了一场酣畅淋漓的战争。

一切静止下来，他却莫名其妙地奔出帐外。我整好衣服，走出来。他脸朝南，直直地跪着。我缓缓地转到他面前。蓦地在他脸上发现泪水。我蹲下来，凑过嘴唇，把他的泪水悄然吻干。我说，让我，陪你战胜孤独。

他抓住我的胳膊。

手指深陷进我的肉里。

我仰着头笑，你抓痛我啦！

于是，他松手。

有时候，我们是愉快的。我们慢慢可以用手势或者简单话语交流。有一天，我指着自己的肚子，对他比划，他脸上立刻露出孩子似的笑容，他蹦跳着出了帐篷，快乐地喊着。但，很快外面便没了动静。我走出来，却见他站在那里，神色凝重。我知道，他又想家了。我还知道，遥远的南方，有另一个女子在遥望北方，整天以泪洗面，等待着他。那，才是他真正的女人。

我生下第二个孩子的时候，我母亲走完她最后的人生历程。她对我一直提心吊胆。单于为什么没有处死我？或许，他想以我来使这个男人屈服。如果他那样，他错了。我跟苏武生活了十七年，非常清楚这个男人的性格。十七年来，那根旌节从来没离开过他的手掌。旌节上的穗子，早被时间磨得一点儿都不剩。

他没有一天不想离开这里。

在这期间，唯一一个来看他的人，是李陵。他们见面后，苏武背对他良久。苏武说，我不愿见你这懦夫！李陵哭了。李陵说，我祖孙二人拼杀疆场，战功赫赫。我率领五千步卒和匈奴十万铁骑相持一月，粮草断绝，这才被俘。可，武帝杀掉我的全家，就连我年迈的老母也不放过！苏武就在那一瞬转回头。苏武也哭。两个男人那天喝了很多酒。他们踉跄相扶，走出门。他们将尿哗哗啦啦洒在北海里，接着，同时发出野狼一般的吼声。

李陵走的时候，突然回头端详我，我能叫你嫂子吗？

我愣住！我扭头瞧着苏武。苏武也在瞧我。我低头，什么话也没说，脸却热得不行。

李陵笑。李陵说，谢谢你。

一天，李陵兴冲冲地又来了。一看到他那高兴劲儿，就知道，我该和苏武分开啦。李陵果然带来好消息。老单于死了，匈奴分裂为三部，势力大大削弱。无法与汉朝抗衡。此时，南方那个汉民族的首领叫昭帝。昭帝派人来接苏武。

可李陵再次来，却垂头丧气。李陵说，单于告诉他们，你已经死了。

苏武呆若木鸡！

我心里却莫名其妙地兴奋。

可我知道，这兴奋并不会持续多久。

果然，那天，我站在北海边，看着一队兵士走近我们的帐篷。我浑身哆嗦。那一刻终于还是来了！我疯狂地奔回家，到门口，突然站住！

五十九岁的苏武手握那光秃秃的旌节颤抖在寒冷的风中。在那一刻我突然发现他是如此苍老。我们那样默默地注视着，一如十七年前我们初次相见。苏武的目光复杂无比。我知道他心如刀绞。我多么希望他能说出那句话来，我心里有个声音在低声呼喊，求求你带我们一起走！

苏武没说那句话。

苏武从我的面前缓缓地走过去。他步履蹒跚。在那张脸即将从我面前划过去的时候，猛地转回来。我们四目相对！继而，我们紧紧拥抱。苏武的声音在我耳边更像叹息。苏武说，我，不能。我的精神在那一瞬完全崩溃！

那队人马走在似血的残阳下。最后在地平线上一跳，空空无物。

我站在帐篷前，呆呆地望着远方。左面，是儿子，右边，是女儿。他们同样站在凛冽的风中，袍裾被风吹得索索抖动。很久，儿子问，他为什么不带我们一起走？

我沉默好久，说，因为，他是汉朝的英雄。

文人

论起来，嵇康、阮籍和钟会都是文学圈的人。

但前两位，都有点瞧不起后一位。他算只什么鸟？简直糟蹋文字。这个贵公子，写诗，不过是个走仕途的手法。但一开始，钟会这人还算谦虚。有作品，就想请大手腕指点。可大腕都不好接近。阮籍喜欢装聋作哑，说话模棱两可，让人难把其脉。而嵇康，平素只给他白眼观摩。钟会写了《四本论》，想拿给嵇康斧正，到他家门外，老觉得腿肚子哆嗦。于是，隔着墙，给他扔进去。嵇康拾起来，顺手就丢进茅坑。

至于嵇阮二位“竹林七贤”老大级人物，互相倒还钦佩。嵇康就曾晃着脑袋感叹，阮籍这老家伙，从不说别人缺点。我想学，都学不来！

他的确学不来。他这人，骨头比铁还硬。而阮籍办事，就灵活多啦！

比如，大将军司马昭分别露出请他俩出山的意思，无非聘个文化名流给自己脸上贴金。

司马昭什么东西啊？他篡夺曹氏政权之心，路人皆知。

两人都不想理他。

阮籍的做法是，装疯，卖傻。他每天都泡在酒楼。偶尔，还揽过老板娘来，讲些荤话。那一次，嘀，更猛！脱得一丝不挂，在一间空屋子里，仰躺成一个“大”字，给观众表演行为艺术！他还振振有词：我以天地为房舍，以屋宇为衣服，你们干吗钻我内裤？

对他这举动，司马昭先笑，后骂：文人，都他妈有病！

可嵇康就不同。

司马昭知道这人嘴硬牙更硬，先托嵇康的朋友山巨源去做思想工作。

山巨源一进门，瞧见嵇康光着膀子，在院子里那棵歪脖子柳树下，打铁。

名人锻炼身体，都与众不同。

嵇康本来就“萧萧肃肃，爽朗清举”，肌肉又搞得像练过健美，加之文采斐然，精通音律，难怪曹操的曾孙女看他第一眼，就想扑进他怀里撒娇。

嵇康明白好友来意，当下就拉长老脸。次日，写封长长的绝交信，打发人送给山巨源。把司马昭和老朋友，一并给得罪掉！

司马昭气得咬牙。司马昭就想，早晚，让你死在我手！

看来，纯文人，不屑于搞政治。

但文人里头，也有天生钻营仕途的。

没想到，那钟会三拐两拐，成了司马昭的心腹谋士。钟会成谋士之后，却开始谋算嵇康。因为，嵇康也曾彻底得罪过他。

钟会约好一帮子文学青年去拜会嵇康。那家伙抡着大锤，在那里叮叮当当，挥汗如雨。嵇康的好友向秀，俯首拉风箱，满脸是灰。俩人一边忙活，一边有说有笑。一帮子文人傻乎乎围一圈，看了老半天。那两位却旁若无人。钟会的脸色青一阵白一阵，怏怏而走。嵇康这时才问：“何所闻而来，何所见而去？”钟会站到门口，并不回头，狠狠地说：“闻所闻而来，见所见而去！”

你看，钟会这人，也还不是彻底的半吊子。

但嵇康算是彻底把钟会惹恼了。

文人算计文人，向来不择手段。

这简直是怪事儿！

钟会就去对司马昭说，嵇康这人，卧龙也。不可用。

司马昭眨巴眨巴眼睛，没说话。心想，这我还不清楚？不说别的，冲他是曹家门上的女婿，我就不能容他！

但历史上任何政客要拿文化名人开刀，都要掂量，都要谋划。

譬如，司马迁得罪刘彻，也没掉脑袋，却让人把裆内物品切了去。白脸曹操杀文人手段更巧妙，文学愤青祢衡惹他生气，他玩个借刀杀人。孔融、崔琰、杨修也被相继灭得有理有据。

司马昭终于等到机会。

嵇康的朋友吕安犯事，被关进大狱，把嵇康扯了进去。钟会听说消息，一路响屁跑到司马昭面前，说：“不诛康，无以清洁王道。”

这句话，直接把嵇康送上断头台。

杀嵇康、吕安那天，洛阳城内人声鼎沸，三千太学生联名上书，要求不杀嵇康。

自然，都被驳回。

吕安跪在那里，以头撞枷，撞出鲜血，我死不足惜，可连累嵇兄，让我如何能安心九泉？嵇康却仰面看天，哈哈大笑。正午阳光，火辣辣照在他脸上。

嵇康说，没你这事，我照样得死。

嵇康喊，为我取琴来！

不一会儿，有人递一古琴上来。嵇康探手抚琴，头再次缓缓抬起，眯眼睛去看太阳。再低下，双目已紧闭。蓦地一下，一个琴音径直弹入每个人的耳孔！偌大一个东市，除却琴音，不闻一丝杂声。

——是他精熟的《广陵散》！

那刽子手怀中抱刀，眼神渐渐晦暗。一线刀锋，微微抖颤。

音律突然加快，似乎夹杂刀枪铁马。每个人眼里，有厮杀，有鲜血，有仇恨，有火焰。音律戛然而止！嵇康十根手指顿住，却见血线溅出，连同几丝绷断琴弦，缠缠绕绕，在阳光下，灿然飞舞！

嵇康仰头，挺直脖子，叹道："《广陵散》，如今绝矣！"

遥远的大殿里，司马昭浑身震颤一下，眉头紧锁。他打量一眼钟会，钟会也在看。钟会从他眼里，看出悔意。

那天晚上，五十三岁的阮籍再次喝得找不到北。不久，阮籍病逝。

又过几年，钟会也被司马昭杀掉。

司马昭背着手，自言自语，你他妈太阴险啦，还想超过我吗？

赐死

丞相李斯进门以前，立在那里，犹豫了一下。侍从端了酒，也立住。片刻，李斯挥手，进去吧。

韩非跪卧了一角，正斜了眼看一根木柱上爬伏的蚂蚁，嘴角竟挂着顽童的笑。却瞧也不瞧来人一眼。其实，他心里想：估计他该来了。

果然，就听见了李斯的笑，师兄可真是好兴致啊！

韩非抬头，拱手，呦，是丞相呀。

李斯又一挥手，侍从倒退而出。

韩非瞧一眼酒壶酒杯儿，仍笑着，眼角的皱纹却是不动声色地一抖。丞相尚有叙旧之心思吗？

李斯踱近前，掀衣盘膝跪下，与韩非相对。

竟一时无语。

半晌，李斯说，其实，始皇本来极欣赏师兄的才识，可你也知道，他这个人，喜怒无常，唉，寻常人不可测其心啊！

韩非摆手制止，丞相之意，我早就知道了。话锋一转，在始皇麾下，稳居丞相之位，先生也算相当不易了。

李斯面上微红，却说，师兄，小弟无能，向来愚蠢，不及师兄一半学识。竟至于在此事上束手无策，无助于师兄半分。

说至此，以手遮面，作拭泪状。

韩非呵呵大笑起来，竟笑出了泪。

韩非说，丞相，韩某今天才明白，有时候，学识在胸，非但不为福，反而是祸啊。

李斯缓缓立起，冷笑，韩先生以为李斯趁机加害于你吗？

韩非摊开双手，丞相，韩某尚未露出此意啊。

李斯说，你我各事一主，小弟亦自知不及师兄。然我二人毕竟师出一门，我李斯总不至于卑鄙如此。

韩非又是一笑，言重了，言重了。

遂抄起了酒壶，稳稳地斟上了一杯。酒在杯中，兀自一圈一圈漾着。韩非探出两手，紧紧捧起。冲李斯说，丞相，韩某不敢请你喝这酒啊。

李斯眉头一皱。

李斯仰面冲天，心想，韩非果然厉害。又想，这证明自己这一步也没有做错。

李斯虽然背手闭目，却清晰地看到那口酒全部倾进韩非之口，咕咚，一个遥远的极轻微的声音自狱中响起。韩非喉结一动，随之，长长的一口气带出来。

李斯并不去看韩非面庞。

尽管他极想去看。

然，他终究没有回头。

却听到韩非静静地说，丞相，走好。

一丝恐惧蛇一样从李斯心底游出。他疾步掠出狱门。耳际却清晰地响起韩非一连串的冷笑。

急急地逃遁时，竟与迎面跑来的同僚鲁贾撞个满怀。鲁贾跑得大汗淋漓，手中高举一诏书，气喘吁吁，丞相，始皇有令，赦免韩非！

李斯很烦躁地说，你进去瞧瞧吧。

鲁贾飞奔进门，只见韩非蜷缩一角，口吐白沫，抽搐不止。鲁贾跺脚，晚了，晚了。

秦始皇嬴政冲左右一摆手，便都退下了。只剩下跪在地上的李斯。

半天，嬴政问，他，死了？

李斯回答，是的，他已经死了。

嬴政闭了眼，竟想起了韩非子的《五蠹》，“上古之时，民食果蚌蛤，腥臊恶臭而伤脾胃，民多疾病。有圣人作，钻燧取火，以化腥臊，而民悦之，使王天下，号曰燧人氏。”

每读此，他会拊掌而起，以为奇文。

曾慨叹，能与此人长谈，死亦瞑目！

嬴政突然睁了眼，两道目光直射向李斯。李斯正偷窥，忙低了头避开。

始皇就心里说，不是你劝寡人杀掉韩非的吗？怎么你倒成了这个样子？

半天，他叹口气，说，丞相，下去吧。

李斯慢慢地退出来，额角经风一吹，有了凉意，一擦，竟是满头大汗！

轮回

丞相李斯出牢门口的那一瞬，开始琢磨一个词：轮回。

他莫名其妙地想起韩非。许多年前，他也是迈出这个牢房。但那次他的身后，是饮鸩而亡的师兄韩非。当时，韩非有气无力说了一句话，丞相，走好。现在，他一回头，脚镣哗啦一响。在那个角落，他似乎看到了韩非蜷缩的身影。

囚车等在门口，李斯抬头，眼泪簌簌而下。

毒辣辣的日头下面，密密麻麻排了囚车。那是他的妻子、儿女、亲戚。在那一瞬，他突然意识到，这些人活着，原来都是等待为他的权欲陪葬。

两只老鼠，为他的权欲打下基础。

那是在上蔡，他还是个微不足道的文书。一只鼠，瘦骨嶙峋，生活在茅厕内。李斯牵着黄犬走近它时，它哆嗦成一片残叶。而另一只鼠，却活跃在上蔡官方粮仓。它肥硕无比，见人也不惧怕。李斯盯它半天，恍然顿悟！鼠与人同啊！有能力的鼠，注定生活在官家粮仓，而无能之鼠，只好去厕所寻找粮食。

郎中令赵高踱着慢步，来到囚车前。他怎么肯错过这个羞辱李斯的机会？丞相，有什么事，要赵高替你办吗？

李斯忽然笑了。这让赵高很失望。

李斯问，你相信轮回吗？

我不信。赵高回答。实际上，这人的确不信，要是信，许多天后，他也就不会站在大殿上，指着一只梅花鹿，说那是一匹马。

李斯微笑。他看到自己当年的影子。

物忌太盛。本来，李斯打算把这四个字送给赵高，但那人转身走了。

这是他离开齐国去秦国时，荀子送给他的。荀子端详他半天，说出这四个字。

当时，他很不以为意。可现在，他顿悟。

走进秦国，是错误的开始。拼命地接近秦王嬴政，是错误的延续。而错误一旦和欲望对比，就显得渺小无比。随着地位的逐渐显赫，那些错误在他眼里，已不算什么。要说在毒死师兄韩非时，他还心存恻隐之心。那么，到焚书坑儒，那四百六十个书生的死，已不能使他的心稍稍动一下。

那时，他甚至对自己感到佩服。要不是他，胡亥那个傻瓜，哪里懂得那么多杀人的花招？

走过咸阳街道，两侧围观者人山人海。李斯有些眩晕。刑场很快到了。李斯被押下，跪在地上。次子李玉就跪在他身旁。李玉瞧一眼父亲，淡淡地说了一句话，我真羡慕我哥哥。

他哥哥李由，死在沙场上。

李斯愕然。

良久，他的目光穿过重重刀斧丛林，看到家乡上蔡昔日的阳光，温馨绽放。上蔡东门外的田野，满目苍翠。那时的他，左牵黄犬，右执弓箭，笑语在净空下飞扬跋扈。他突然说，李玉，我多么想和你再牵着黄犬，乘马奔出上蔡东门，在那片荒芜人迹的原野上，追赶那些惊恐的野兔。

李玉眼里有亮光瞬时闪过。

赵高肥胖的身躯又来了。权欲旺盛的人总会犯这样的毛病，他们总会主动去捕捉别人的畏惧心理，来满足自己的成就感。赵高俯下身来，李斯，你知道二世赐你什么死法吗？

李斯微笑，怎么死对我来说，有什么重要？

可你应该对五刑感受颇深吧？

李斯哆嗦一下！所谓五刑，即面上刺字，刈鼻，截双趾，杀头，最后腰斩，砍为肉泥。这是当年李斯为之骄傲的创意。

半天，李斯咬牙切齿，赵高，你不要得意太早。你我都清楚，二世胡亥是怎么继承帝位的。你身上，也沾满扶苏的鲜血！赵高脸上的肌肉绷紧，正因如此，你必须死！

你让我去劝谏二世停止修建阿房宫，是不是心存邪念？

赵高眼睛眯成一条线，那叫飞蛾投火。

捏造我和由儿背叛朝廷谋反，也是你？

赵高起初的笑，像是在喉咙里藏一只鸽子，后来，那鸽子飞翔而出，直奔天边。李斯，你官欲太盛，总想出人头地，而且你太聪明。人聪明，未必是什么好事。赵高站起身，悄然撂下最后一句话，你知道的，太多啦！

李斯长叹一声。

他看到赵高伸手抓起桌上的斩牌，一挥手，那东西划出一道美妙的弧线，轰的一声落在李斯面前。李斯在那一瞬突然抬起看天。——上蔡东门外原野上的阳光，刺得他眼花缭乱。他看到一个长满茸毛的胳膊，在辉煌灿烂的阳光里悄然挥舞，那柄刀的反光，竟是一线阴森森的青黑……

丞相，走好！

官场

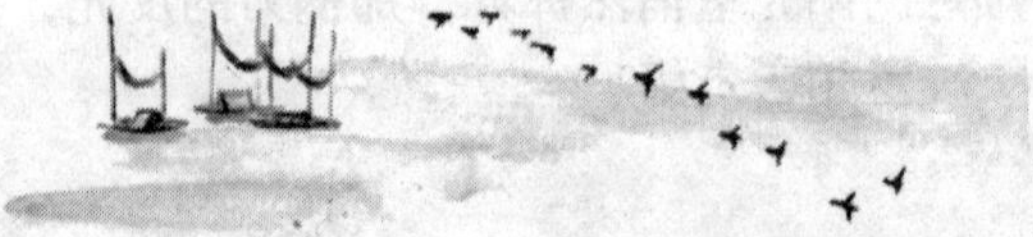

范蠡的次子在楚国杀了人。

以范蠡最初的意思，杀人得偿命。当妈的心疼儿子，折腾起来。老西施一把鼻涕，一把眼泪，姓范的你还算不算人？虎毒还不食子呢。范蠡摊开双手反问，我这叫食子么？他这是自作孽，不可活。西施伏在他身上，揉过来搓过去，我不管，你必须得救他。

范蠡一声长叹。他打算派老三带着钞票去楚国捞人。

老三很兴奋，这个花钱如流水的家伙，一想到自己到楚国，像断线的风筝，可以为所欲为，忍不住龇牙咧嘴偷着乐。但范大不高兴。他觉得老爸的安排不对，分明无视他长子身份。老大琢磨，这些年，我一直勤俭度日，恨不得一分钱掰成两半花。没有功劳，也有苦劳。这么大的事儿，为何不先考虑我？他这人本来没主心骨，经不住别人再三撺掇，就忍耐不住，跑去找老爹理论，还威胁老爹，如果不让我范大去，我死给你看！

他母亲先扛不住，二儿生死未卜，大儿再出意外，那就惨大了。再说，她内心也不看好老三，自己的孩子哪能没数？她担心老三还没等到楚国，就把金子折腾个净光。毕竟，老大做事还是蛮稳当。

范蠡经不住左右夹击，摆摆手，那就让老大去。

临走前，他拉着老大的手，在僻静处好一顿嘱咐，要打点的人，只有一个，那就是楚国名人庄生，千万别疼钱。老大听过不下十次，点头动作，都带着不耐烦。

范蠡望着大儿子背影，满脸沉重。

范大带着千两黄金，来到楚都郢。先找个地方住下，再去拜访庄生。没想到，庄生住城郊一所旧居，门前荒草杂生。一见庄生，范大心里一声叹息，他觉得老爹真是老眼昏花，就眼前这个干巴老头，能成什么事啊？把金子交与他？不是打水漂么？

范大开始犯第一个错误，他把金子分作两半，只给庄生一份。

庄生知晓他的来意，捏着颌下胡须，微笑，回去静候佳音，即使你二弟被放，也别问原因。

范大先自己在心里暗笑，我看够呛。

在楚国，他自然也有朋友，个顶个牛气哄哄，都是跟他拍得胸脯山响，许诺有事尽管说话的那种。范大觉得，拿钱铺路救人，得指望这些官场高手。他把另一半金子都撒给这些人。

范大一走，庄生老婆就埋怨，咱们跟西施两口子，都这么多年老朋友，干吗还要他们的钱？庄生说，你知道，我不是贪钱的人。可范蠡那老家伙辞官经商这么多年，赚的钱够多。如果不收，他还不放心呢。

次日一早，庄生就去见楚王。

楚王对老头儿很尊重，打发人赐座。他慢悠悠坐下，才告诉楚王，据我观察，最近星相不好，怕要出大乱。楚王赶紧问，有何破解之法？庄生略一沉思，说，大王，您应该大赦天下。

楚王点点头，接受庄生建议，先吩咐人封钱库。

这消息迅速传开，老百姓都知道，楚王将大赦天下。

范大正跟几位朋友坐在酒店里，合计该走哪条路线救人，有一位大腹便便的朋友推门而入，兴奋地说，真是赶得早不如赶得巧，你老弟肯定死不了。

范大知晓缘故，先是兴奋，而后，脸上有了忧郁。

他心疼那些金子啊！早知这样，干吗把金子撒给庄生那老头？

回去考虑整整一晚，第二天，范大开始犯另一个大错误。他到庄生府上辞行。说，庄叔，你看，楚国要大赦天下，估计我家老弟也就安然无恙。我也要回去了。庄生微笑。但范大嘴上说走，脚下却不动。

庄生眨巴一下眼睛，恍然顿悟。

他打发下人，把金子取来。庄生还说，咱两家的关系，动用金子，太见外。这些钱，你拿回去。范大爷没跟他推辞。

庄生站在院子里，愣了好半天。

然后，吩咐下人，给我套车。

他又去见楚王，坐了一会儿，悄然说，大王，我在外面听到不太好的传闻，说齐国旧相范蠡的二子，在楚国杀了人，他家里人拿着金子，上下打点您左右之人。大伙儿都说，大王大赦天下，非是体恤百姓，而是为范家公子。

楚王大手一挥，放屁！要这么着，我先杀掉那人，再宣布大赦。

庄生的马车驶过刑场，车夫嘟囔一句，要杀人啦老爷。庄生拿手拉紧车帘，闭上眼睛，淡淡地说，杀人有什么奇怪？

范大获悉消息，一屁股坐在床上。

他拉着弟弟的尸体，自郢至陶，迤逦千余里，垂头丧气回家。西施抱着儿子尸体，哭得死去活来。范大垂手立在一侧。范三挠着腮边，不敢做声。

范蠡检查一遍范大带的金子，然后，嘿的一声笑了。西施哭喊着骂，你还是不是人啊？范蠡却继续大笑，直到笑出眼泪。他说，我就知道老大办不了这事，他根本就不了解官场。

广陵散

聂政坐在一个酒肆里，面如止水。

秋日的风已露出了峥嵘气象，吹得檐角枯草，呲呲作响。

聂政的目光掷向窗外，有一稀稀落落的丧葬队伍缓缓走过，灰黄纸片散乱了黄昏的半个天空。那队伍寂静而行，竟不闻半丝泣声！

看来，又有一个人，像父亲一样，被暴君害死了。聂政眼里，有恶恶的光一闪而过。该去了。他抹一把脸，左手将腰间的短剑一捏，凛凛地出了酒肆。

风舞得正邪。

次日黄昏。修建宫殿的工地。

和聂政的目光不经意一撞，国君韩哀侯就明白了，这群匠人里头，有个人是来取他性命的。他不动声色，转身就走。聂政手里瞬时已多了一剑，脚步也迅疾跃起。哪料韩王早有防备，躲得自是恰到好处。聂政再出手，已然迟了。卫士水般围拢过来！聂政趁势翻墙而逃！

在父亲坟前，聂政跪了整整一夜。现在，他需要藏匿了。他的画像，已挂在了韩国的角角落落。

三年后。一个削瘦的身影出现在韩国的街市上。

那身影正郁郁前行，面前忽地就多了一个女人，一个男孩。

那人浑身悄然一震！

你，像极了一个人。女人盯了他道。

谁？那人的声音嘶哑、冷漠。

我的丈夫。我足足三年没见到他了。你浑身上下，有一个地方非常像他。

那人腮边的肌肉一抖。哪儿?

牙齿。

那人仰天大笑，你这女人，莫不是疯了？说完，直直地过去了。眼角，却兀自有了泪。

转眼，又三年。

这一天，韩国都城城楼下，蓦地多了一个盘膝而坐的黑面男子。面前横摆一张满身断纹的古琴。此人轻挽双手，在那古琴上抚出第一个音符时，众人便止了手头活儿，齐齐地扭头来瞧。再听，愈加不同凡响，时而清虚淡远，时而酣畅淋漓，时而冰泉凝咽，时而深沉凝重。人愈来愈多，静静围拢过来。路侧，立了数匹骡马，竟高昂其首，寂然无声。

不久，琴音把韩王的属下给吸引来了。

国君韩哀侯的寿诞到了。宴上需要这么一位抚琴高手。

再打量那弹琴者，却实在太丑陋了。脸似锅底，发如乱麻。张嘴一笑，竟一颗牙齿也寻不见。一开口，嗓音竟像破锣一般怪异。

众人皆感叹，奇人自有异像啊！

就这样进了宫。

韩王寿诞宴上，男子施了浑身解数奏琴。把韩王及周围卫士听得如痴如醉。琴音突然陡地一转，瞬时激昂起来。众人闭目去听，竟在那里面听出了战马嘶嘶，铁蹄踏踏，兵车喋喋。琴音愈走愈急，似乎是两军对垒，厮杀开来。众人心旌慌乱，却又欲罢不能。

猛地一下，琴音戛然而止，随之一声惊呼！

细瞧，韩王胸前竟早就被刺入一剑！

韩王双手抓着剑柄，拼着最后气力问，你是谁？为何要杀我？

男子哈哈大笑。我是谁，已不重要了。六年前我杀你，是替父报仇，现在，则是替天行道！男子说罢，抽出韩王腹中之剑，往脖颈上只一抹，鲜血四下迸溅！

次日，男子尸体和那柄剑一起被挂在了城楼下。

旁边有一白纸，上书“知此人是谁者，赏金千两”。

数日后，有一老妇趺趺撞撞而来，立住，号啕大哭。儿啊！虽说你变得面目全非，但我只需看这剑一眼，就知道是你。你，终是为你爹报仇啦！

说罢，取剑过来，笑道，没想到，咱一家三口，都死于这柄剑身上。

旁边有人待要阻拦，那剑已直直地刺入老妇胸膛了！

日光毒毒地照着火火的大地。

很远很远处，静静地，站了一个女人，一个男孩。

女人默默地弯了腰，悄悄儿道，孩子，你不是想知道你爹的模样吗？瞧，挂在上面的那个就是。三年前，咱娘俩见到的那个人也是他啊！而且，我现在可以告诉你了，你爹的名字，叫聂政。

为什么爹要那样做？

当年，暴君要你爷爷为他铸剑，你爷爷铸成后怕他滥杀无辜，并没交给他。他把你爷爷杀死了。

女人已是泪眼蒙眬！

那，我该找谁报仇？男孩抬了头问。

女人缓缓地直起身子。女人无法回答。

误

西戎王打发人叫由余来，说，你去秦穆公那里瞧瞧去，那真是个人物，看把个秦国给治理的。由余就去了。

余动身的那一刻，一个错误就开始了。

到了秦国，穆公以礼相待，执其手，四处观看。看其宫室，气象巍峨，工艺精巧。又看其积聚，仓廪盈实，物宝皆丰。秦穆公挺得意，就问，怎么样？先生。由余一拱手，大王听实话呢还是听恭维话？

穆公一愣，先生何意？由余就说，在下看来，不过如此，使鬼为之，则劳神，使人为之，亦苦民矣。

看来，文人就这么一股子臭脾气，自古及今皆然。

穆公眉头儿一皱。他没想到一个蛮夷之使，会说出这么让他没面子的话来。穆公一顿，随之一笑，有的人遇到一个对手时，会格外有兴致。穆公就一转话题，我们秦国，以诗书礼乐法度治理国家，可还是有点乱。戎夷蛮荒之地，并没有这些东西，那你们凭什么治国？恐怕更有难度吧？

由余扑哧一笑。这话多少有点伤自尊。由余抖抖衣角，道出一番话来。

由余这番话，又把那个错误推向前进。

由余说，诗书礼乐法度，正是祸乱之缘由啊，正因如此，才有私欲，有了私欲，又要满足，便起纷争，上下交争，互相怨恨。而我们戎夷没这些事儿，上以德行对待其下，下以忠信以事其上。一国之政就是一人之治，这才是君子之治呀！

穆公先是微怒，而后稍奇，再后变成了感叹。穆公私下就招来内使廖，就说，由余这人，人才。内使廖说，大王之意，我知道了。就靠近前来，呈上一计。

次日，穆公设宴，款待由余。但见佳馔堆列。又一摆手，笙笛缓起，三二十名细腰女子袅娜移入，歌曰，关关雎鸠兮，在河之洲，窈窕淑女兮，君子好逑。载歌载舞，轻纱婆娑，星眼慢移。

这是多么美妙的情景！

由余当然也喜欢，因为由余是文人，自古至今，才子佳人具全方能演出许多逸事。但由余关注的目光，更多是带了鉴赏的成分，这说明由余脑子很清醒。尽管清醒，鉴于穆公再三挽留，由余还是将回国之期延长了。

这一边，穆公又打发人送了数十名良女去给西戎王观赏。

戎王见了，接着就暗暗骂出一句话来，这狗日的由余我说他怎么就不回来了呢？

有了歌女整日演出，戎王便不在乎由余回来的早晚了。但由余还是回来了，由余是穆公派人送回来的。由余一回来，就劝戎王把那些女子给人家送回去，这说明由余直到那时仍没有被腐蚀。戎王就不高兴了，由余你咋这样呢？自己享受够了，来管起别人了。

戎王就不理睬他。

由余很无奈。

当然，这事还没结束，甚至说是刚刚开头。

秦穆公又打发人来了，干什么呢？来聘请由余。戎王接了书信，就拿寒森森的目光去盯看由余。看罢了，将信丢给由余，说，先生可真是好手段。由余捡了，看了，就知道，在西戎，已没他的地位。

由余对着孤灯，呆坐了一夜。黎明，由余长叹一声，出了门，上马，迎着塞外凛冽寒风，投奔秦国去了。秦穆公和内使廖正在议事，有人来报，说那个由余又回来了。二人对视一眼，呵呵大笑。

又过一年，穆公和由余商讨攻打西戎，由余熟知其兵势，所以这仗打起来很顺当，秦军所到之处，战无不胜。趁势掩杀，掠地千里。

戎王拥军逃遁，遥遥望见秦军杀来，追近了，原来是由余。戎王就在马上垂泪道，愿先生念及旧情，放我一马，西戎尚还重震雄威。由余就闭了目，内心轻叹一声。

秦军铁骑枭枭踏过戎夷国土。

秦国遂霸西戎。

逐日

那次经历以前，恐怕没人会识得我。

那时，我傲立岩头，藐视一切。

狂风，暴雨，雷电，屡次都想置我于死地却从未成功。反使我之筋骨得以洗炼。我有种预感，天将降大任于我。

果然，一日，我的主人来了。

他的脚步震动着大地，一块巨石从我身边滚下岩去。

你愿意跟我去干一件事情吗？他伏下身来，声音仿佛来自另一个世界。我使劲地点着头。那时我不知道他就是夸父，大地之神后土之孙。

他用手中的小刀轻轻劈削着我身上的枝枝杈杈的时候，我问，我们要去干什么？他笑了，笑声在山涧中久久回旋。

我们要去同太阳赛跑！

那天晚上，夸父睡得很香，鼾声震动得远处一颗老树瑟瑟发抖。我却睡不着，我很激动。

朦胧中，我被一只大手握紧了。

嘿，咱该出发了。主人显得状态极佳。

站在海边巨岩上，天边的光极柔和地渗白了一团，咸咸的海风掠过，让我觉得十分惬意。

随着太阳一点一点冒出来，主人小腿上几条蚯蚓般的青筋突突地动着。

在太阳离开水面的一刹那，主人也迈动了脚步，比赛开始了。

我得承认，考验我的时候到了。

山川，河流，森林，风驰电掣般闪过去。

一只鹿或是别的什么动物呆呆地站在那儿，一条蛇的影子一闪既逝，一块巨石在主人的踩蹬下哗啦啦滚入了山谷。

主人恐怕什么都不去注意，他只是在飞快地迈动脚步。眼睛睁得大大的，盯着前方。

不知过了多长时间，大地慢慢燥热起来。我知道，对于主人来说，艰难的时刻到来了。他脖颈上青筋暴出，头顶热气蒸蒸，汗珠砸在地上，激起一团青烟，一脚踏下一个湿湿的窝。但他迈动的频率并未缩减。

我也觉得浑身麻木了，我不知道下一脚会踏在何处，突兀的岩石，深深的荆棘丛，我身上的皮肤多处被擦破。

不过，我还是为主人之神勇骄傲，自豪。

我突然听到一声呐喊，我追上你啦!

是的，我的主人终于在禺谷——太阳落下的地方，追上了他。

我清晰地看到主人的喉结在蠕动着。

我清晰地听到主人的心在怦怦跳动。

主人渴了。

主人伏在黄河和渭水边喝起来。

我静静地躺在他身旁，眼看着黄河的水一线一线地落下去。

他是真的渴了。他喝干了黄河和渭水。

但他还是渴，来，帮我。他说。

他想到北边的大湖去喝。

我支撑着他时，觉得他步伐凝滞。干渴折磨着他，喝下去的水化作热气，顷刻间不见了踪影。

我，走不动了。他说。

我几乎急出了泪，你是英雄呀，你要挺住。

我的主人还是轰然倒地，那一瞬我仿佛听到一声沉重的叹息。

我徒然地靠着他的躯体。

手杖啊，主人的声音像是从地下发出，恐怕咱得分离了。

我满面泪水，我们会永远在一起的。

主人笑了笑，他嘴角上起了一层白屑，突然，我感到他紧紧地握住我，稍稍停顿后，他将我扔向空中。

我醒来时，便发现了那座山。

那座我主人化成的山。那座后人称作夸父的山。

我不想离开主人，我将根深扎入土壤，于是，我化作了树林。后来，便有人将我们写入一本书，叫《山海经》，说，有夸父之山，“其北有林焉，名曰桃林”。

那桃林，便是我。

旧事

侠丐

小镇上，当然有悠闲人。

所谓悠闲，得有资本。穷人们为生计所迫，吃了这顿，惦着下顿，能悠闲得起来？卖烧饼、油条的，甩开膀子叮当打铁的，戴着老花镜，虾弯了腰锔盆锔锅锔碗的，这些人，哪有那份闲工夫？

邬先生有。

邬先生什么都不做。人家靠祖上传下来的家业过活。祖上放过外任，虽不得志，但不至于落魄，置些房地产，攒下些银子。到下一代，于做官不感兴趣，但根子扎得深厚，过起乡绅日子。再到邬先生，继续悠闲。

地里活路，自有人打点。主人家不刻薄，下人也不欺负人。到时令，下人吆喝着马车，送新鲜粮食蔬菜水果来。当然，也有银子，规矩地封着。

邬先生干吗？他打牌，逛戏园子。有时，跟官府的人，坐在酒肆里。邬先生生得佛像，坐在那里，稳如磐石。不说话脸上都带着笑。镇上三教九流，都喜欢他。这绝不错，连翠花楼的姑娘，他都结交。给人家拉京胡，弹弦子，也会扶弄几曲古筝。姑娘坐一旁，或听，或唱。罢了，邬先生拱拱手，告辞。

邬先生不行风流事儿。

邬先生说，那是累人的活儿。

小镇上人来人往，杂七杂八。本地人都觉得怪，邬先生是怎么和那些人一见如故的。远远江南一带客商，回去半年，托人捎上等茶叶，请他品评。

镇上人差不多都认得邬先生。好人一个呵！

这天，打镇东头走来一乞丐。

乞丐一闪现，邬先生的目光，叮当一下，落他脚上。乞丐走道儿，脚尖先着地，轻盈一点，身体就弹簧般跃起。邬先生微微一笑，端起茶碗，拿盖儿一抹，轻抿一口，扭头，面朝肩上搭洁白毛巾的伙计，赞，好茶。

茶馆旁边，是王婆子开的烧饼铺。王婆子雇两个小伙儿，与她一起忙。乞丐立住，两脚叉开，伸出手去。王婆子低身，拿起一个火烧，递过来。乞丐不接，手，仍伸着。王婆子的笑僵住，似乎有了怒气，把火烧扔下。乞丐把手伸向小伙。小伙看王婆子。王婆子哼一声。小伙子拿起火烧递去，那丐才接了，伸向嘴边。

邬先生拿出几枚铜板，往桌上一叠，站起。小伙计弯腰，邬先生，走好。

随后，街上有人见邬先生与乞丐并肩走去。边走，边呵呵笑，都不以为奇。

两人一先一后进了宅院，乞丐四下展眼打量，邬先生一声吆喝，看茶！院内有一株古槐，树盖如伞。两人坐树下，爽爽凉意，从心底升起。遂摆了围棋。有槐蚕飒飒而下，打在棋盘上。邬先生棋面上圆滑无比，左右逢源，却是暗中蓄势，步步收紧。那丐出手凌厉，每每行刁钻怪异路数，却都被一一化解。忽然，乞丐右手一抖，一道寒光，飞到树上，一声惨叫，一只麻雀跌落棋盘。邬先生眯了眼去瞧，那雀儿脑壳上，有一血孔，兀自汩汩地流。

乞丐眉心紧锁。

邬先生笑。

邬先生伸出食指中指，捏起麻雀翅膀，轻轻提到一边。

乞丐双手一摊，我输。

邬先生却问，为何那王婆施烧饼给你，你却不接？

女人本来依赖于男人，我堂堂三尺男儿，怎会求她施舍？

这倒也是。邬先生拈须，点头。

乞丐却说棋，为何我总是无路可逃？

邬先生伸出右手食指，点向乞丐胸口。

两人对视一眼，仰天笑。

树上数鸟，哗棱一声，散去。

自此，两人朝夕相处，一并下棋，一并去茶馆，酒肆。渐渐，也去赌场。庄家见邬先生，连道，稀客。乞丐仍是那身行头，丝毫不见卑缩形态。喝得酣畅时，两人手牵手，沿石板路，晃出一道风致。

一日，两人去野外打猎。乞丐动如脱兔。不时，两人肩上，多了几只野兔。不料，却迎面撞见一幕丑剧。镇上首富王掌柜的公子，正戏弄一村妇。王掌柜经营赌场，生意做大，阔得不行。儿子仗老子有钱，官府背景强大，不免就狂得变形。村妇被他压在身子底下，像只折翅小鸟儿。

邬先生看一眼乞丐，眼里，透出寒光。乞丐却皱眉，看天。半天，扭转身，往前走。邬先生叹息，竟踏步向那恶少而去。正走两步，呼地立住！只见恶少直挺挺躺倒，脑门上，露出一道血孔。邬先生回头，那乞丐立在残阳中，兀自冷笑。

次日傍晚，两人坐在酒楼靠窗位置。几杯酒下肚，乞丐拱手，我原本一身血案，恐累及先生。此处，已无我容身之地，就此告别。

邬先生望窗外。

对面，一排灯笼，红透半边街道。

乞丐站起，往外便走。不料，行走两步，以手抚按腹部，慢慢弯下腰来。身后，邬先生额角，亦有汗珠渗出，伏在桌上，四肢竟也不能动弹。

楼梯口闪出几名官兵，持刀，面带冷笑。

数日后，乞丐和邬先生被一并绑赴镇外。小镇人多年不见杀人，都拢来，远远地瞧。都看到了两人谈笑风生。都看到了刽子手手起刀落。都看到了两股红晕，直窜半空。

有女人哭声，漾起来。

情丐

凡乞丐，本无名无姓可考，要那些什么用处？难道讨饭到人门上，还要拱拱手，说在下姓甚名谁一类的斯文话？这不闹笑吗？从另一角度讲，这也是乞丐们的可怜处。人活得低贱，名字也丢掉了。

但小镇上有个乞丐，就有字号。此人姓冯，名远，字韶山，自号青龙山居士。他把这一套正儿八经讲给抽贴算命的吴先生听，旁边几个喝茶的，当场就仰天喷出去。要说这乞丐，生得倒多少还有可取之处，五官算是齐整，但堆一张脸上，却委实难让人恭维。吴先生正正老花镜，仔细瞅他老半天，才皱着眉头说，老兄，你这人长得，实在——哎！老先生叹口气，替他遗憾。

时间久了，大伙儿就都知道这乞丐。大老远瞧见，都咋呼，吆呵，青龙山居士啊，久仰。这丐并不生气，也不拱手，胳膊下夹根棍子，笑眯眯地，走过去。

奇人自有奇事儿。这乞丐居然喜欢上人啦！

猜猜他喜欢谁？小镇首富龙掌柜家的千金。

你说这要命不？人家龙掌柜家小姐那身段，那模样，且不说他，小镇上男人哪个不喜欢？龙小姐往大街上一走，不管街上多么嘈杂，霎时就鸦雀无声。她的身影在街上摆一趟，当天，镇上的医生王瘸子就生意兴隆。有眼睛脖子没办法归位的，有只管傻呵呵笑的，有喊心口疼的，等等等等。

青龙山居士病得更奇！他紧随人家美人儿身后，寸步不离。到门口，人家放出狗来，他这才仓皇逃窜。

身后，落一串银铃般的笑。

乞丐迷上龙小姐，这消息生了翅膀，在小镇人嘴巴里飞成笑料。

哈，是么？听到的人这么笑，这么反问。

自打乞丐见龙小姐一面，就不肯再去别人家门上讨饭。人们常见他在落日余晖下，踯躅在龙小姐绣楼后面的小河边。小桥，流水，搭配一个扯得老长的单薄乞丐身影，成当时小镇一景。

女孩子漂亮，不见得是什么好事儿。

说话间，厄运也就临头。有天早晨，龙掌柜门底下塞进一张纸条。开门的小伙计一瞧，蹦起高来，夹着一路响屁，直窜上房。当时，龙掌柜正蜷在太师椅子里抽大烟，一见那纸条，立马站起，愣在当地。小伙计眼尖，瞅到龙掌柜的裤脚有水珠淅沥沥滴落下来。

龙小姐被玉皇山土匪给掠走了！土匪的意思很明白，拿十万块现大洋去换票。否则，人家这次不按江湖规矩办，不撕票，要毁票。

大洋准备好了，却没人敢去。大伙儿早听说，玉皇山那帮土匪，不是好惹的，说扭谁的脑壳，就跟扭断根黄瓜那么简单。那么水灵的姑娘，落土匪手里，那还有好？明摆着是财色双收。谁敢冒着被扭脑袋的危险上山救人？即使龙掌柜自己，也没那胆量。

老婆哭得眼睛肿泡，龙掌柜无奈之下，悬赏勇夫。条件是，哪个年轻人甘愿上山领他女儿，就等于领回媳妇。但一连两天，依然没人敢去。

第三天一大早，乞丐来到龙掌柜家门口，哧啦一声把那悬赏揭去。乞丐头顶冒着热气，似乎经了长途跋涉。龙掌柜起先很高兴，但一看是个乞丐，而且奇丑，顿时泄气。但乞丐言辞恳切，我已经打探到令千金的准确下落，这事由我去做。

救女儿要紧啊，龙掌柜哪还顾得那么多？

于是，乞丐上山。

乞丐一大早上山，日落西天，回来了。身后，跟着龙小姐。龙小姐完整无损，乞丐的手指却包着，面色蜡黄，一到龙掌柜门口，“扑通”一下跌倒在地。

龙小姐惊呼一声，扑过去抱他。

乞丐醒过来，已是次日黄昏。他发现自己躺在王瘸子的病床上。面前，摆了几块大洋。王瘸子蹒跚过来，眯了眼笑：龙掌柜打发人送来的。这下，你不用做乞丐了。

乞丐呆住。然后，惨然一笑。

稍稍病愈，乞丐拄棍下床，对那些大洋竟然瞧也不瞧，摇摇晃晃，走出门去。王瘸子偎在门口，看看乞丐，再回头看大洋，一脸迷惑。

再过去一天，有人见到了乞丐的尸体。

他把自己悬挂在龙小姐绣楼后面，河边一棵歪脖子柳树上。

细心人发现，乞丐的右手，少了两根手指。

乞丐那张丑脸，面对小姐绣楼，笑得甚是诡秘。

龙掌柜的到底听说这件事。听说后，嘴角抽搐几下，吩咐小伙计，找张席子，包起来，拉镇外头，埋掉。然后，打了个呵欠，继续抽他的大烟。

可第二天上午，他就没心情抽大烟了。

有人在同一棵柳树的同一根树枝上，看到吊在上面的龙小姐。

龙小姐的笑，依旧是迷人的。

箫丐

小镇上并不缺乞丐。常见的无非两类，一类系文丐，一手执一个呱啦板，呱哒呱哒敲，嘴里还唱着数来宝。当然也有拉二胡的，一开始给你拉《春江花月夜》，有油滑不给施舍的，就换作了《二泉映月》。另一类动武，手握一根带刺的枣木棍子，朝着自己的头皮嘣就是一家伙，吓得你心跳半天。干脆快打发他走了事。

每个行当都有它自己的道道儿。

这天，小镇上响起悠长的箫声。接着，众人眼前只一晃，就见个瘦长的身影出现在民国十六年的石板路尽头。街上沸沸扬扬卖芝麻烧饼、符离鸡、油炸果子的以及坐在太阳底下挽了袖子下五虎棋的，都缓缓地把头拧过来，迎了日光静静地去瞧。来人可真是瘦出特色，一袭长衫活像裹在一根竹竿上，平日窄短的街道，竟一下阔朗开来。

大家忍不住要笑。

那人不笑。

那人专心致志地吹奏一支曲子。

懂音律的人会知道，那曲名唤作《水云深际》。

竹竿儿在吴烧饼的铺子前扎住，并不讲话，依旧在吹。音律清虚淡远，胡同口儿一摇折扇的老者，已闭目，捻须，颔首。满街满街的人都住了手头活儿，扭头来看，侧耳来听。

一曲吹罢，整条街寂然无声！

瘦长之人仍不说话，只是伸出个手指一挑，然后，指指烧饼。吴烧饼方回过神来，赶紧就用纸包一个烧饼递去。来人用手取了，一转身，便朝来时方向晃去，不经意间，又一缕箫声漾起。大家正张了嘴，探了头，瞧着听着，音律却悄然而止。斑驳淋漓的阳光里响起一句词来，“箫声咽，秦娥梦断秦楼月”。

再一晃，哪里就有人的影子了？

街上轰的一声，有人喊一声好。

遂又开始沸沸扬扬。

大家这才明白，那瘦高个儿竟是一乞丐。而且，此丐行为举止甚是怪异，每次来，只讨要饭食，不收受银钱，且不贪多，够吃则罢。每次行乞必要吹奏一曲。镇上的人渐渐熟了，乐得听他吹箫。只是，谁也甭想和他搭话，除了吟唱歌词，此丐别无他语。

时光咣当一下就转到了民国十七年冬。

小镇当时十分富庶，惹得几绺子响马都很眼馋。就有一路响马预备攻打小镇。消息传到镇上，登时一片慌乱。虽说镇上组有一帮护卫，可论兵器论作战能力，哪能跟土匪相比？

有钱人家早忙起来，先把钱找稳妥地藏了。家里有水灵姑娘的自然也慌了手脚。据说土匪都是烧杀抢掠，无恶不作。

凛凛的风恶恶地旋吹着角角落落的枯叶。

镇上的人和城墙上的护卫都瑟缩着。

土匪说到也就到了。

民国十七年冬天的风吹得土匪们心烦意乱，但由于镇里的诱惑，他们又显得莫名其妙的兴奋。土匪们开始攻城，而且攻得很有章法很有层次当然也很具杀伤力。

眼看就要攻进了！

突然，城墙顶上响起幽幽箫声！

是的，确确实实是箫声。

土匪们就迟疑一下，攻击的节奏一下子慢了，竟至于要停下来。箫声突然止住，有柔婉的歌子唱起来，“连年肆掠无归期，血雨腥风几人回？倘若魂洒乱世间，白发爹娘依靠谁？”

枪声停歇下来。风仍硬硬地吹着脸面。

又听唱道“离别骨肉断，弱子盼父归，空房断恩爱，柔肠盼郎回。”

随即，悠扬的箫声又起。

城上城下惟余箫声和风声。

土匪混乱一阵，但马上枪声又起来。这下子攻势更猛。箫声变得幽怨起来，宛如冰泉凝咽。却是一刻也未止。

土匪冲过来，就在火光下瞧见那个瘦骨嶙峋的乞丐。一个长官模样的土匪恶声恶气骂了一句，举起匣子枪，砰的一声响。

箫声戛然而止。

恶丐

乞丐求乞，花样颇多。原始型乞丐，手段并不高明，端一缺口粗瓷破碗，拄一打狗棍，挨到你面前，不言不语，但眼睛会说话，盯你看。也有属民间艺人的，唱数来宝，说山东快书，击凤阳花鼓，弹弦子，吹箫，让你欣赏一番艺术。还有的，则纯粹流氓加无赖，靠两样本事，一为粘，跟在女人屁股后头，嘴角流着涎水，一走，老半天。再一个是狠。冲谁狠？冲他自己。有大嚼石头瓦片的，有往自己喉咙捅匕首的，还有拿锯条划自家额头的。你不施舍，他就异常残忍地整自己，让你受不了！

镇上，就有这么一条“汉子”。

他当然蓬头，当然垢面，肚皮黑得出彩。手掌，脚掌奇大。走路，呈外八字，四肢探出。右手掌心，捏块青砖。做什么用？拍胸脯。这乞丐胸口，像老榆树皮，看不出肤色，坟状隆着。一上一下，两个肚子，天然成趣。

镇上人，与其说可怜他，还不如说怕他。小孩子见他，顺着墙根，绕着走。回家，有顽皮的，大人呵斥，再闹！喊那要饭的来。小孩一哆嗦，悄无声息。

恶丐于是屡屡得手。有酒喝，也有肉吃吃，这小日子过得，尚可！

恶丐居然还敢去胡屠夫档前乞讨呢！

胡屠夫膀大腰圆，单手能提起两百斤猪来。镇上哪有人惹他？本来，恶丐也从未想去惹他，有闲人将他军，有本事，去胡屠夫那里要。恶丐脖子一拧，果然去菜市场。胡屠夫正剔连骨肉，一柄尖刀，旋来转去。恶丐左手持砖，右手伸去。胡屠夫斜瞅他一眼，低头，继续忙。恶丐并不说话，抡起青砖，冲自己胸口，砰！就是一家伙！恶丐打自己久了，拿捏得恰到好处。所谓打人会打，虽皮开肉绽，却伤不了内脏。这不是三天两天的功夫。

胡屠夫手一甩，尖刀插进案板。

市上本来人多，加上闲人跟在乞丐后头起哄，一时，堵起路来。

说话间，恶丐已经打自己十数下，胸前隆包，本来暗紫，此时略显红黑，似乎要渗血出来。有人看不过，劝胡屠夫，舍点肉给他吧。胡屠夫抱着胳膊，哼一声，我老胡，怕谁？乞丐一听，下手更狠。有人微笑着嘀咕，要出血。果然，乞丐胸口，似乎眨眼间，皮开肉绽！

胡屠夫左腮肌肉，突突动。

乞丐每打自己一下，都要发出一声惨叫，每发一声惨叫，都向屠夫铺子里走一步。屠夫迟疑一下，顺手抄起尖刀。臭要饭的，有胆量你进来！

乞丐居然笑，步步逼近屠夫，手上，仍不歇息。

胸前的肉，却是绽放。

开成一朵紫黑色的花。

再拍，血肉飞起。

乞丐叫喊，你怎么不捅我？你打我吧，打啊！那语气，倒像求人。

胡屠夫脸上成赤紫色，后退一步，把尖刀举起来。手却抖。胡屠夫往案上的肉块上切去，转眼，一块肉在手上颤着，拿上这块肉，滚得远远的。

乞丐伸手取过。左手持肉，右手握砖，沿街昂首而去。

走出人们视线，他却哭出来。

自此，乞丐在小镇名声更响。正经人不会和他作对，犯不着。那些爱打闲架的，觉得打他脏自己的手，坏自己名头，不理他。渐渐，这乞丐觉得，活得很没滋味。

一天，两个年轻乞丐游到这里。恶丐正在晒太阳，看到两人，眼睛一亮。主动和两人打招呼，要给两人接风洗尘。三人进一家酒馆，恶丐很大方，我做东，你俩，随便点。转眼间，一大桌酒菜上来。酒过三巡，恶丐却抹抹嘴巴，双手一摊，不好意思，白吃你们俩啦！

两乞丐对视一眼，呼地一下子站起。

噼里啪啦，一顿好揍。

恶丐嘴角有血流出来，却笑，却喊，打得好。

乞丐之一撇了撇嘴巴，飞起一脚踢去。恶丐吃这一脚，皮球一般，弹到屋角。那两位拍拍手，昂昂头，楼下去了。

一会儿工夫，小伙计噔噔噔跑上来。他担心没了酒钱，老板炒他。恶丐摇摇晃晃站起，开始搜索所有口袋，还真让他凑齐酒钱。他脸上挂着笑，说，今天大爷我高兴，钱不用找。

恶丐是真高兴！他觉得终于出了恶气。他甚至兴奋地唱起来。唱几句，然后自言自语，奶奶的，不能总是老子打自己吧？

匪丐

土匪们不但心狠，胆大，当然还聪明。明白知己知彼方能百战不殆。每次攻城掠镇，必先派人踩点。另一条，发展内线。他们叫“钩子”。做“钩子”有好处费，但得昧良心。同时还有危险。土匪的规矩太难捉摸。他们从来不发展“钩子”为匪员。管他们称“贼里不要”，收买人为自己做事，又从骨子里瞧不起这行径，这很滑稽。有更狠的，洗劫过后，把钩子名单贴在墙上，让镇上人修理他们。

这天，小镇上出现个年轻货郎，一上石板小街，就亮出高嗓门：“各号的针各色的线，小媳妇使的梳子小孩子玩的琉璃蛋儿——”

在乡村，这种生意好做，在小镇上就不太兴旺。镇上人有自我优越感，穷死也要去铺子里购物。但镇上人不排外，不会打击小货郎。所以，他转得很欢实，胡同旮旯都溜达。这一圈，溜去他两三天。

第三天下午，货郎遇到乞丐张四。

张四在镇上算是名人。

小镇上干什么的都有，还能少了要饭的？张四这人力气有，但懒，什么也不做，乐得当伸手大将军。他脾气倔，大伙儿喊他张三，他不乐意，说我叫张四。有痞子跟他较劲儿，喊你张三就张三！你个臭要饭的，自己能说了算？他反驳，我自己名儿，会让你说了算？结果，被人揍得鼻青。再问，还是张四。其实，他不过是有抬杠的习惯。知道他这点，大家觉得烦躁，故意找他抬杠，一句句顶起来，可以假装生气，抬手给他一巴掌，然后，高了兴，兴许塞他一块馒头。他伸着手，接过。彼此都满足。

但货郎不了解，他一瞧是个要饭的，眼皮就耷拉下来。张四伸出黑手，抄起一面小镜子，远距离打量自己乱发。那动作，带点挑衅。他不盘算买，他也买不起，不过有点欺负外乡人的念头。毕竟，他是镇上人。

货郎眼睛里有凶光闪过，不买就放下！

卖东西不许别人挑吗？

货郎眉头一皱，你叫什么？

张四。

货郎点头，这镜子送你。因为，你叫张四。

张四握着镜子，呆愣半天。第一次，他为自己名字骄傲。接着想，假如把小镜子送与那寡妇，她肯定会赏个笑脸。她笑起来好看，但她从没对自己笑过。

当晚，张四从梦中惊醒。草棚外乱作一片，似乎还夹杂枪声。他想去瞧热闹，又知子弹不长眼睛。后半夜，嘈杂声渐小。他才小心翼翼钻出来。街上很黑，却到处是人。他注意到，有些是小镇自卫队队员。一个个脚步凌乱。一户店铺前倒是灯亮。有人坐在地上，号啕大哭。

张四好半天才弄明白，原来，土匪来过！

张四暗骂，活该！

那店铺老板曾打过他耳光。

忽见另一圈人围在一面墙前，挑着灯笼在看。张四凑过脸去，原来是一张纸，上面列有名单。他还想仔细看，一个小伙子转脸说，这不张四么？所有人转身过来，喊，拿下他！张四恍然清醒。土匪给“钩子”贴大字报，他有所耳闻。这时，喊冤也不行，让他们逮住，会乱棍打死。幸亏，他练了一副好腿脚，居然趁着黑夜，钻街串巷，逃出小镇。

天亮，张四发现自己跑进山里。一会儿找不到路。正四处找，突然被人掀翻在地，不由分说，堵嘴巴，蒙眼睛。两人架起他胳膊，走了半天，才扑通一声，扔在地上。张四第一眼先看到一个大胡子，再一转脸，居然见那个货郎，笑嘻嘻地看他，要饭的，你真是命大。

张四眨巴眨巴眼睛，恍然大悟！

你跟来这里干吗？想当土匪？大胡子问。

张四脑子转得也不慢。他连连点头。但接下来，马上就傻眼！大胡子嘿嘿一笑，拿着这把刀，把你左手上最小的那根手指头，切下一丁点儿来！

张四握着那刀，哆嗦着比划一下手指。

那刀当啷一声，掉到石头上。

周围立刻响起一连串笑。

大胡子一脚踢翻他，就你这胆量，还想当土匪？他摆摆手，转身就走。

又两个人过来，架起张四，来到两块大石间，把他两条腿簸箕在上面。张四恐惧，大叫，你们干吗？两个土匪并不说话，只笑。他俩抬起一块石头，越抬越高，相视一笑，嘴里喊，一，二，三！张四瞪大眼睛，看着那大石头，冲自己的腿，落下来……

好多年过去。镇上忽然爬来个乞丐，浑身上下，没一处干净地方，脸上，除了眼白，完全一片苍黑。他爬到一个老寡妇门前。寡妇赏给她一碗剩粥。他接过，喝完，没有走的意思，却从怀里掏出面小镜子递给她。寡妇厌恶地皱起眉头。乞丐说，你不记得我啦？我是张四。他还悄声说，我做过土匪呢，你信不信？

寡妇伸出一脚踢在他身上，滚你妈的！

一转身，哐当一声把门带上。

只有桂花暗飘香

桂花嫂到寺庙里来烧香。为了让佛祖赐她个孩子。桂花嫂跪着，嘴里念念有词。桂花嫂很虔诚。因为她受不了茂祥的打。茂祥每次打得她遍体鳞伤，都说，打死你个不下蛋的鸡。

了悟和尚站在一边，双手合什。

烧罢香，桂花嫂走出大殿。一阵噼噼啪啪的劈柴声适时地钻进她的耳朵。桂花嫂在院子里看到一个皮肤黝黑，胳膊上肌肉疙疙瘩瘩的男子。桂花嫂一瞧就低了头。那劈柴声也停下。男子眼睛直直地瞧过来，竟忘了劈柴。

男子叫秀实。了悟和尚从一九三七年的南京大街上拣回来的。那时小乞丐秀实快饿死了。和尚把他带回，发现他竟聪慧无比，于是想引他求正果。但秀实不肯。秀实觉得，做和尚太清苦。所以，他只挑水砍柴，却不念经。

桂花嫂走到山门，站住。

桂花嫂回过头来，与秀实的目光再次相撞。

了悟站在檐下，双手合十：阿弥陀佛!

秀实开始魂不守舍。秀实有时站在寺外的半坡上，注视着山下的小镇。一呆，半天。一天早上，了悟把他叫住。了悟说，你去山下买米吧秀实。

秀实兴奋起来。

小镇上只有一家米铺。名字叫茂祥。了悟准备等秀实回来就告诉他，那烧香的女子正是米铺的老板娘。了悟并没想到秀实会遇到桂花嫂。因为，桂花嫂几乎足不出户。

过了很久，秀实回来了。秀实的脸上因兴奋变得通红。了悟问，你看到了？看到了，师父。看到什么了？我看到那个烧香的女子。秀实眼睛放着光。秀实的确看到了那个女子。秀实一直希望在镇上能看到她，但没有。于是秀实很失落地进了米铺。在米铺，秀实一眼就瞧见桂花嫂。

了悟叹了口气。叹罢了气，抬头看天。烈日悬在当头，毒毒地照着。

秀实后来下山的次数增多。每次回来了悟就拿眼去端详。有时读出郁闷，有时读出掩饰不住的快乐。

突然有一天，桂花嫂又到寺里来。桂花嫂这次有点心不在焉，烧香的时候表情有点不自然。了悟和尚在心底里长叹一口气。了悟和尚已经感觉出来，要发生什么事。

桂花嫂似乎不经意地问，那个小伙子去哪里了？

你说的是秀实吧？了悟说，他下山去了。

桂花嫂就下山。桂花嫂在下山的路上遇到了一步三回头的秀实。俩人站在那里，对视良久。桂花嫂就蹲下，似乎是提鞋子。却悄然在地上放了一张纸条。然后，头也不回地走了。秀实拣起那张纸条，端详一阵，蹦跳着向寺门而来。

当晚，秀实悄悄地摸出了门。

却一下愣住！了悟坐在院子里。

了悟用手一指半空。只见一轮圆月，明晃晃的亮着。

了悟说，秀实，你真要出去？

沉默半天，秀实斩钉截铁，我要下山！

了悟双手合什，念声，阿弥陀佛。念过，悄悄回了屋子。

天蒙蒙亮，了悟在院子里遇到了秀实。秀实的额头冒着热气，脸却红得像个苹果。了悟在那一瞬就明白，小伙子秀实在一夜之间，成了男人。

后来，秀实又下山了很多次。但每次回来，都郁郁寡欢。终有一天，回来后，一下躺在屋里，很久没出来。了悟踱进他的屋子，伸手去摸他的额头，烫得他一下抽回来。秀实烧迷糊了。秀实迷糊三天后才清醒。秀实瞧着了悟，突然说，师父，给我剃去头发吧！

了悟就愣了愣。

秀实说，桂花嫂死了！她是自杀的。她用一条白绫把自己挂在茂祥米铺的后院子里。

原来，桂花嫂竟怀孕了！怀孕的桂花嫂以为自己终于感动了佛祖。以为就此脱离苦海。于是她兴冲冲地告诉了茂祥。可换来的是茂祥的毒打。茂祥跑了许多家医院，找了数不尽的名医，都告诉他，他是不能生育的。

桂花嫂被打晕过去，醒来，孩子没了。

了悟听罢，闭紧双眼。

一丝丝黑发滑过秀实的眼前，悄无声息地落在地上。

了悟的话语却在此时响起。了悟说，六祖慧能就是凭着四句偈继承五祖弘忍的衣钵：菩提本无树，明镜亦非台。本来无一物，何处惹尘埃。

了悟念完，秀实的头发也就净了。

秀实慢慢立起，双手合十，念，阿弥陀佛！

再抬头，泪如雨下。

美如昙花

见到那个人的第一眼，我就感觉到了。这辈子，不是我杀了他，就是他讨要了我的命去。

他的眼神很恍惚，像是每时每刻都在考虑一个难以解释的问题。

在那个夜晚，他坐在那里半天没动。我不知道他在等我主动还是他根本对我不起兴趣。我悄然走近他，上天注定了，我，一个十八岁的女孩儿，要和这个看上去可以做我爹的人做一对很不体面的夫妻。

能有什么办法呢？我的美貌，我的歌喉，在这个举目无亲的地方连我父亲的棺木都换不来。眼前这个人是我的恩人，知恩须图报。一切，就这么简单。

他站起来，说，我们睡吧。

我一低头，心底一声叹息。

真的，就这么简单。

没有任何的愉悦，我在同一个影子，或者说，一具躯壳，睡觉。

后来，我反复地考虑，为什么那么多的人把他敬若神明？而且，李逵那个莽汉临死前的那句话才真正好笑，“生时服侍哥哥，死了也只是哥哥部下一个小鬼。”那时，我隐在暗处，嘿然而乐。

你们，不知道敬着的是一个躯壳吗？

他根本不是生活在自己的状态中，他靠许许多多的人活着。他大把大把地往外抛撒银子。人们仰望着他的银子，说，真是及时雨啊！

是的，除了我，一个女人，竟没有别的人真正认识这个男人。

我认识他了，这是我的悲哀。

他不该把张文远扯进我的视线中来的，这个姓张的人的出现直接促使了我对他的反叛。如果说在此前我是一截枯木的话，张文远的出现使得我萌生新绿。那个家伙丝毫也不掩饰他对我的好感。他的眼神极富挑战性，亦具有磁性。

我轻叹一声。

一个，活生生的。另一个，则是一种幻觉。

那个活生生的小伙子抱我进入幔帐的时候，那个幻觉彻底消失。

也许，他已经知晓这件令他很恼火的事。也许，他浑然不知。其实，这都无关紧要。我已经越来越瞧不起他。这个人，连我这么貌似天仙伎艺超群的女人都不愿厮守，甚至说都守不住，他还算是一个男人？

与之相比较，张文远太优秀了。对一个女人来说，他“眉清目秀，齿白唇红，更兼品竹调丝，无有不会”，只要是关于女人的事，他都是那么投入。而我，正值嫩花一朵，蜂蝶围拢来采撷，这能怨得我吗？

要怨，只能怨宋江他自己。

所以，妈妈死拉硬拽他来时，我根本不屑理他。

他坐在那个凳子上，一语不发，看上去更像一截木头。

我用两个指尖夹了一颗樱桃，张开嘴，放在舌尖上，轻轻一咬，那丝美丽像昙花般一闪而过。这个张文远，买来的樱桃倒真的不错。

宋江站起来，向床边走过来。

我扭头向里。

宋江在床沿上坐下，问，睡吧？

我答得干净利落，睡吧，你的家，还问什么？

天还没亮，他就摸索着爬起来。这个人，竟在那个夜里连碰我也没碰一下！

他走了以后，我点燃灯，就发现了那封信，那封贼寇们的信。也是后来要了我性命的信。那一刻，我恍然大悟，怪不得啊，他挥金如雨，原来，银子是这么来的！

一股莫名其妙的喜悦升腾而起。

我为自己进一步走进这个人的心里而兴奋。

他果然很快就回来了。

那时，我还没意识到，他回来，是要讨我的命的。

那时，我已经几乎推翻当初的预感，这样一个人，他怎么会杀我呢？他敢杀人吗？他不敢。他连杀鸡的勇气恐怕都没有。可我错了。我不该和他争执，犯不上，把东西还他，他一气之下，兴许就再也不来了。那样，我和那小张三岂不可以朝夕相守？

我更不应该说那句提醒他的话，“黑三郎杀人也!”

我那句话，把他从虚幻拉回到现实。我还从来也没见到他那般活生生的样子，他左手揪着我的衣领，右手麻利地抓过那柄刀来，我甚至清晰地听到那柄刀进入我躯体的声音……

我笑了。

此刻，也仅此一刻，面前的这个人，才真是宋江。

献　玉

我的平淡无奇的生活在一个阳光明媚的日子被砰的一声打乱。

当时，我被那个叫卞和的人吓了一跳。那人的样子真好笑，眼睛放着光，双手抖索着，一点儿都不掩饰他的兴奋。实际上，在这树林里头，也没必要掩饰什么。他有点手舞足蹈。他欢呼了。他可真像个孩子。

我的故事就紧紧地与这个叫卞和的文人捆绑到一起。他肯定不会想到，接下来我带给他的，是遥遥无期的伤痛。

卞和像所有的文人一样，非常希望自己的才华学识得到帝王的认可。其实，他自己本身就是一块玉，一块隐没在深山的玉。发现我以后，他觉得走出深山的机会来了。

他把我小心翼翼地包起来。

我们要去见第一个可以决定我们命运的人。他叫楚厉王。

这个人给我的印象并不好。他端详我的样子非常外行。幸好，他并不武断。他命令下人叫玉师来。我和卞和在那个时候还没意识到，其实真正决定我们命运的人，是那个玉师。

玉师来了。

和那人目光对接的第一眼，我就觉得这是个小人。他首先眼睛一亮，证明这是个有眼光的人。他瞧出我的分量。但他的眼珠马上滴溜溜一转。我就意识到，这个人的话，将不利于我们。果然，他笑了。笑得非常有意思。后来有人称这种笑叫做皮笑肉不笑。

他说，这不过是一块普通的石头。

我不知他为什么撒谎。或许，他觉得卞和的出现会给他职位造成威胁？他这句谎言给我的发现者，卞和，造成了巨大损失。他，失去了一只左脚！

接下来的事实证明，卞和失去的不仅仅是一只左脚，还有他做人的尊严。这件事迅速传开，人们将幸灾乐祸很明显地写在脸上。我的主人很失落地瘸拐在人们的目光中。

是啊，我现在更愿意称卞和为主人。我从头到尾都存在一个疑问，卞和为什么不愿当我的主人呢？他为什么一定要把我献给别人呢？这问题于我来说，是很费解的。人的欲望，是很难揣摩的事。我猜想我的主人，是太想改变自己的命运。他不甘心这样活着。他在寻找可以改变这一切的时机。

时机来了。

厉王死了。这个国家由一个叫武王的人来管辖。卞和听到这个消息时，嘴角就见笑容了。卞和把我一层一层剥开来，和我对话。这样的对话我们已进行许多次了，每次他都劝我再忍耐一下。这一次，我看到他的脸上闪闪发亮。他说了三个字，咱们走！

应该说，起初我是满怀激情的。但见了武王，我就心灰意冷。武王打量我的目光根本就不屑一顾。这证明他和厉王一样无知。他说，叫玉师来。我的心里就咯噔一下。但愿来的不是那个我不想见到的人。可命运就是这样无情。那个熟悉的玉师走进大殿的那一瞬。我就看到我的主人脸上淌下汗来。可那时正是隆冬，刚下了一场雪。

这一次，我的主人是爬着回家的。我主人右脚上流下的血染红了洁白的雪地。很扎眼。我的主人连一只脚都没有了！

从趴着到拄着拐杖站起来，于卞和来说，那是段艰难的日子。他现在已经斗志全无，只有和我对视时，他的眼里才偶尔有亮光闪过。但他已经不大肯说话了。话语对于他来说，成了无意义的东西。

我有点可怜他。说到底，这一切与我有关。

可见，拥有至宝，也不见得是好事！

这样的日子过了多久，记不清了。有一天清晨，我突然发现卞和注视我的目光有点怪。他开口说话了。他说出一句莫名其妙的话，成败就在此一举。我知道，他又要做点什么。

我突然为他觉得悲哀。

他可不管我的情绪。他把我带到一片林子里。起初我以为，他要抛弃我。可后来发现不是那么回事，我们来到山顶。卞和把我捧在手里，突然放声大哭。

是啊！他太委屈了。他应该发泄一下。

哭声引来一个人。

当时我不知道那个人是楚文王。当我知道以后，便觉出卞和用心良苦。他知道楚文王要来打猎。可在这时，我却突然有点瞧不起卞和了。

但卞和成功了。楚文王多了一个心眼，他找来另一个玉师。那玉师一见我就惊呼起来，他说，这是块无价之宝啊！于是，我被以最快的速度进行了雕琢，我身上开始熠熠发光。所有人看到我时，眼睛都瞪得大大的。

可卞和见到我的时候，他却酣畅淋漓地哭了。

那时，我想问他一句，你得到自己想要的东西了吗？

他一句话都说不出来，只是落泪！

在离他越来越远的时候，我猛地一回头，就发现了卞和的下肢被风儿空空地吹起来。

那一刻，我也想哭。